Den första kärleken

Claes-Göran Rosén

Den första kärleken

Novellsamling

© 2025 Claes-Göran Rosén

Förlag: BoD · Books on Demand, Östermalmstorg 1, 114 42
Stockholm, Sverige, bod@bod.se
Tryck: Libri Plureos GmbH, Friedensallee 273, 22763
Hamburg, Tyskland

ISBN: 978-91-8097-042-6

Innehåll

DEN FÖRSTA KÄRLEKEN

Gösta hade precis satt på kaffevatten när det ringde på dörren. När han öppnade stod där en söt tjej med kastanjebrunt hår, han lade också märke till hennes gyllenbruna ögon.

- Hej, jag är din nya granne, sa hon. Din mamma sa att jag skulle besöka dig, så vi fick bekanta oss med varandra.

- Visst, kom in. Du dricker väl kaffe?

- Ja, tack.

Han kunde inte slita blicken från henne. De satt tysta och smuttade på sitt kaffe.

- Ska vi gå in på ditt rum och lyssna på musik?

- Det kan vi göra.

Hon satte sig i soffan på Göstas rum och han lade på en skiva med Ola & Janglers. Sen satte han sig bredvid henne.

När tonerna fyllde rummet såg Gösta på henne. Hon vände huvudet mot honom och log. Då kunde han inte håll sig längre och plötsligt var de ett i en lång kyss. Detta var annorlunda än han upplevt förr.

De fortsatte att lyssna på skivan och hon kysste honom igen Han var berusad av yrsel.

- Nu är det din tur, sa hon efter en stund.

Så fortsatte de sitt kyssande. Men till slut var Sonja tvungen att gå in till sig.

- Vi ses i morgon, sa hon.

Han satt med ett fånigt leende på läpparna och kunde bara nicka till svar.

* * *

När Sonja kom in till sig frågade hennes mor var hon varit.

- Jag var inne och hälsade på grannen.

- Jaså? Vad är det för människor?

- Det är mor och son. Fadern är död.

- Bara det är ordentligt folk.

- Ja, det verkar de vara.

- Då kan du börja diska, innan vi lagar middag.

Sonja satte i gång med disken och gnolade samtidigt på melodierna hon hört hos Gösta.

Hon tänkte att hon nog blivit kär.

Samtidigt inne hos grannen kom modern hem. Hon frågade Gösta om Sonja varit där.

- Jodå, det har hon.

- Nå, vad tyckte du?

- Jodå.

- Jag ser att hon föll dig på läppen.

- Ja.

- Ja, du behöver någon att umgås med. Inte bara dina vanliga vänner, utan kvinnligt sällskap. Vem vet hur länge jag lever? Du behöver trygghet.

- Det ordnar sig nog, mor. Jag har mitt arbete och söker egen bostad.

*   *   *

Nästa morgon var Gösta på väg till arbetet. Sonja stod på sin balkong och vinkade. Han vinkade tillbaka och fortsatte.

Han steg in i trappan till huset han nu skulle försöka sälja dammsugare i. Det var ingen som ville köpa. Men när han kom till femte våningen öppnade en brunett i negligé. Han kunde se trosor och bh tydligt och blev högröd över hela kroppen.

- Jag vill ha en dammsugare, sa hon. Kan du komma på onsdag?

Jo, det lovade han.

Men han skickade sin chef dit när det var onsdag. Han vågade inte riskera något nu, med tanke på Sonja.

När han kom hem på kvällen hade han sålt fem dammsugare och det var inte mycket. Så han funderade på att byta jobb.

- Vad ska du då göra?

- Jag vet inte, mor. Får se vad det kan bli. Men jag måste ha en bättre inkomst om jag ska flytta hemifrån. Kanske jag skulle börja med kioskjobben igen, det var en stadig inkomst. Jag tar kontakt med dem i morgon

- Gör du det, sa modern. Jag har ju mina städningar på kvällarna, så jag klarar mig. Ska du fortsätta umgås med Sonja?

- Absolut, det är en rar tös.

- Ja, det tycker jag också.

Då ringer det på dörren och där står Sonja. Modern visar in henne i köket och serverar kaffe. Gösta kan inte slita ögonen från tösen. Han är förälskad, helt enkelt.

*   *   *

Nästa morgon sken solen upp Malmö och Gösta var på ett strålande humör när han styrde stegen mot kontoret för att säga upp sig.

När det var gjort ordnade han ett nytt jobb i korv- och glasskiosker över stan. Sedan lyckades han få en bostad på Backarna. Därefter styrde han kosan hemåt igen.

Han kallade in Sonja på sitt rum. De kelade en stund.

- Kan vi sägas vara fästefolk nu?

Sonja log och nickade.

- Jag har fått en bostad, sa han.

- Underbart, svarade hon.

Sen tog de en promenad i Beijers Park, hand i hand och livet log mot dem. Solen blänkte i hennes vackra hår. De satte sig på kaféet och diskuterade framtiden.

- När får jag se lägenheten?

- Jag måste först flytta in. Ska hämta nycklarna i morgon.

* * *

Nästa dag när Gösta hämtat nycklarna fick han hjälp av Sonjas bror, Mattias, att flytta. Sen firade de två inflyttningen med var sin öl. När Mattias gått lade sig Gösta i sovrummet och tänkte på hur det skulle bli. Först måste han skaffa husgeråd.

Då knackade det på dörren och där stod Sonja med sin väninna, Ramona.

- Nu åker vi och handlar vad du behöver, sa Sonja.

Han lät henne bestämma det och det blev bra. Vackra glas och koppar med tillbehör. En kvinnas hand är vad ett hem behöver, tyckte han.

När tjejerna ställt i ordning allt och de druckit kaffe skulle de bege sig iväg.

- Jag kommer hit i morgon" sa Sonja.

Eftersom han skulle jobba på kvällen tog han sig en tupplur.

Backarna/Kirseberg var en idyllisk del av Malmö med småstadskänsla.

Nästa dag vaknade Gösta av att det knackade på dörren. Det var Sonja.

- Är du inte uppe än?

- Nej, jag jobbade till klockan ett i natt. Men nu är jag pigg när du kommer.

- Gör dig i ordning så sätter jag på kaffe.

Gösta gick in på sovrummet och klädde sig. Han tänkte att detta måste vara lyckan, egen bostad och en kvinna som hon.

- Du ska inte behöva knacka, här är ett par extra nycklar, ta dem.

Så räckte han över dem till en leende Sonja.

- Vad ska du göra i dag, Gösta?

- Inget särskilt. Är lite trött bara. Ska inte jobba förrän i övermorgon.

- Jag känner mig också trött, sa hon och reste sig, räckte honom handen och ledde honom in till sovrummet där de lade sig för vila. Snart reste sig Gösta.

- Jag går och drar ner rullgardinerna så vi slipper insyn. Under tiden kan du klä av dig, så sover vi en stund, sa han.

När han återvände hade hon bäddat ner sig och han följde efter. Så var de två äntligen ett.

* * *

När Sonja gått, efter några timmar, kom Benny på besök. Han ställde en flaska whisky på bordet.

- Nja, jag vet inte", sa Gösta. Jag är ju inte så van vid det.

- Nu ska du inte vara så, sa Benny, ett litet glas tål du väl.

Det blev mer än ett glas, för Benny var aldrig nöjd förrän flaskan var tom.

Gösta vaknade sent på kvällen med en sprängande huvudvärk. På andra soffan låg Benny och snarkade.

- Upp med dig", sa Gösta. "Dags att gå hem.

När han fått iväg kompisen gick han och lade sig med en svår ångest. "Jag måste avbryta den bekantskapen", tänkte han. Han ville inte förstöra något nu när Sonja fanns med i bilden. Hon var nu den viktigaste människan i hans liv.

* * *

På morgonen när han gjort sig i ordning tog han en promenad hem till modern. När han steg in i köket satt Sonja, Mattias och Ramona där. De spelade kort med hans mor. Han satte sig mitt emot Sonja, efter att ha hämtat en kopp kaffe. Efter en stund känner han en fot i sitt skrev. Han tittar upp och Sonja ser leende på honom med ett illmarigt uttryck.

- Varför är du så röd i ansiktet?

Modern såg frågande på honom.

- Jo, det är så varmt ute, svarade Gösta.

- Herregud påg, det är ju höst.

Sonja tog bort foten och skrattade. Ingen, mer än de två, förstod varför. Några timmar senare gick modern till sitt jobb, som städare.

- Jag kommer hem sent. Om du vill kan du ligga på ditt rum i natt, sa hon till Gösta.

Sent blev det och när de andra gått till sig gick Gösta in på sitt gamla rum och lade sig.

Han vaknade mitt i natten när någon knackade i väggen mot trappan. Han steg upp och såg efter att modern lagt sig. Hon sov som en stock. Han öppnade försiktigt dörren. Det var Mattias. De gick in på rummet och pratade. Men plötsligt hör de hur modern vaknar. Mattias gömmer sig under Göstas säng.

När modern kommer in i rummet hör hon ett fnittrande under sängen.

- Är det Sonja du har där så hämtar jag mattebankaren!

Mattias kröp skrattande fram och alla tre började skratta.

- Men morsan, jag är 18 år och har väl vem jag vill under sängen.

- Vad du gör i din egen lägenhet bryr jag mig inte om. Men här bestämmer jag. Gå nu in till dig, Mattias.

Det gjorde han.

* * *

Nästa morgon skulle Mattias och Gösta hem till Backarna och höststormen rasade. Det var 1967. Mattias som var liten och späd blåste omkull och rullade flera meter. Som tur var gick det bra och de anlände bostaden med kivet i behåll. När de kommit in och skulle brygga kaffe så var kaffefiltret slut. Men Mattias lade en ren handduk som filter.

När de druckit kaffe gick Mattias hem igen för han skulle jobba på grillbaren den kvällen. Likaså skulle Gösta i korvkiosken, därför tog han en tupplur till dess. Men han hade svårt att samla tankarna, de fanns hela tiden hos Sonja. Han tänkte på vad han skulle göra för henne på lördagen, då de skulle vara ensamma. En lugn hemmakväll, tyckte han. Men hon kanske ville något annat?

Till slut somnade han och befann sig snart i drömmarnas värld. Han drömde om bröllop och familjebildning.

Han vaknade med ett nöjt leende på läpparna, men förstod att det han drömt om låg några år framåt i tiden. Ja, tänkte han, vi får se vad ödet har i beredskap åt oss.

Han klädde sig och traskade iväg till arbetet. Regnet började ösa ner, så han skyndade på stegen. Men hade inte så långt till Värnhemstorget där kiosken låg.

När han steg in i kiosken och skulle avlösa kvinnan som arbetat under dagen, en äldre kvinna med bistert sätt, så droppade regnvattnet från hans kläder och hon såg ilsket på honom, tog en kvast och började torka upp. Han bytte till en kort vit rock och korvamössa. Efter några timmar kom Benny förbi och köpte korv.

  - Vad ska du göra i kväll, Gösta?

  - Jag stänger klockan ett, sen blir det hem till bingen.

  - Kan vi inte hitta på något? Jag kan nog ordna en flaska.

  - Nej, inte så sent, jag orkar inte, svarade Gösta.

  - Ah, vad är du för en?

Han lyckades få iväg Benny och satte sig att läsa tidningen.

Det kom en berusad kille som frågade om han kunde köpa en korv svart.

- Jag har inga svarta korvar, sa Gösta.

- Ah, jag menar för halva priset.

- Absolut inte. Det är samma pris för alla kunder.

Okej då. Ge mig ett bröd med senap.

Sen strosade killen iväg. När klockan blev ett släckte Gösta ner och stängde. Nu regnade det inte mer, men var en kall höstnatt. När han kommit hem och druckit kaffe gick han till sängs trött efter arbetspasset. Då började regnet skvala igen mot rutorna och snart åskade det. Men han hörde inget. Sov som en stock direkt han kommit i säng.

* * *

- VAKNA!

Han hörde en röst på långt avstånd. Någon ropade på honom. Han slog långsamt upp ögonen och såg Sonja.

- Vakna, sömntuta, sa hon. Vi skulle ju vara tillsammans i dag.

- Javisst, men vad är klockan?

- Redan tio. Upp nu. Jag har satt på kaffe.

De bestämde sig för att vara hemma. Sonja satt i soffan och stickade. Han satt bredvid och beundrade hennes hantverk. Han startade rullbandspelaren och ut tonade Still med Emile Ford. Hon såg på honom och log. De hade en lugn och skön hemmastund.

Han upptäckte också att hon var bra på matlagning, när det var dags för middag. Så här bra kunde alltså livet vara, tänkte han.

- Kan du stanna i natt, Sonja?

- Nej, det vågar jag inte för mor. Jag stannar till tio, men sen måste jag hem.

De satt omfamnande och lyssnade på musiken från bandspelaren. Men till slut var Sonja tvungen att gå.

- Jag följer dig hem, sa Gösta.

De gick i höstmörkret, hand i hand och var hemma på Segevång efter tio minuter. När han sett till att hon kommit in till sitt vandrade han tillbaka, visslande på Still.

När han åter kommit hem satte han på kaffe och tänkte på livet en stund. Sen gick han till sängs. Efter en underbar lördag.

* * *

På söndagsmorgonen blev han väckt av hårda bultningar på dörren. Han gick sömndrucken och öppnade. Det var hans mor och syster.

- Varför öppnar du inte?

- Jag ligger och sover.

- Ensam? frågade systern och slog en blick mot sovrummet.

- Givetvis, jag bor ju ensam.

- Jag borde få en nyckel hit så jag kommer in. sa modern.

- Men, mor, jag har flyttat hemifrån för att ha något eget. Låt mig få leva mitt eget liv, utan inblandning.

Systern blängde hatiskt på honom.

Gifter du dig med Sonja så kommer inte jag på bröllopet, sa hon.

- Om det blir så är inte du bjuden, kära syster, svarade Gösta.

Modern gick ut i köket och satte på kaffe. Systern dukade fram. Gösta gick in i sovrummet och klädde sig. När de satt sig till bords började systern kritisera hans möblering och förklarade hur han skulle ha det.

- Du ska inte bo här" sa Gösta. Jag har fått hjälp av Sonja med mycket här och hon har bättre smak än vad du har

Systern gav upp ett hånfullt skratt.

När de gett sig av pustade Gösta ut. Det var en pärs varje gång han skulle träffa systern.

En nyckel sattes i dörren och Sonja kom in. Hon gick fram och kramade honom.

- Jag förstår om du inte är på ditt bästa humör, efter det besöket. Jag såg dem när jag gick hit. Din mamma tycker jag om, men den andra ger mig rysningar.

- Mig också, svarade Gösta.

De till bringade hela söndagen tillsammans utan att bli störda.

På måndag morgon gick Gösta hem till sin mor.

När han kom dit var modern i tvättstugan. Det ringde på dörren och det var Sonja.

- Jag såg att du kom, sa hon.

De satte sig i soffan och pratade. Men plötsligt låg de omfamnande och kelade. Hon knäppte upp hans skjorta och han knäppte upp hennes byxor. Sonja tittade över axeln på honom med en bekymrad min. Han vände sig om och i dörröppningen stod hans syster och blängde på dem. Hon vände och gick ut igen, utan att säga ett ord. Sonja reste sig och rättade till kläderna, så gick hon också. Hon gick ner till tvättstugan. Där stod Göstas syster.

- Jag får prata med dig, sa hon och föste Sonja framför sig, ut i källargången.

- Vad håller ni på med? frågade systern.

Sonja stod tyst och väntade på fortsättningen.

- Blir du med barn tar inte vi hand om dig

Sonja vände om och gick upp igen. När hon kom in i lägenheten satt Gösta kvar i soffan. Han såg att tårarna rann nerför hennes kinder.

- Vad står på, Sonja?

När hon berättade det kokade ilskan inom honom.

- Bry dig inte om henne, sa han.

De hade ju inte gjort det som systern trodde. Han visste också att om så vore, så hade modern inte samma inställning som systern.

Modern kom upp från tvättstugan och frågade vad hans syster nu ställt till med.

- Hon var oförskämd som vanligt, sa Gösta.

- Vad gällde det då?

Men ingen svarade på det. Sonja gick in till sig, med rödgråtna ögon.

- Vad har du och Sonja för er egentligen? frågade modern.

- Ingenting. Skäll på din jävla dotter, sa han och tog på sig jackan och gick hem till sig.

* * *

När han kom hem låg ett brev i lådan. Han öppnade och läste det. Han behövdes inte i kiosken längre. De hade tillräckligt med personal och kunde inte ta in fler på fast anställning.

Ja, det var det, tänkte han. Nu fick han fundera hur han skulle göra.

* * *

Framåt kvällen kom Sonja. Hon var nu som vanligt, utan ledsnad i ansiktet. Hon log mot honom så han smälte.

- Vet du, sa hon. I dag är det fyra månader sen vi möttes.

Herregud, tänkte han. Hon håller reda på det. Det måste betyda att detta förhållande även har betydelse för henne.

Han blev alldeles varm i hjärtat. Men retade sig samtidigt på att han själv inte tänkt på det.

Det firade de med lite mys i soffan.

- Hur många barn vill du ha? frågade hon plötsligt.

- Nja, det har jag inte tänkt på

- Vill du gifta dig i kyrka? Jag vill göra det, sa hon.

- Ja, det är klart. svarade han.

Fan, tänkte han, att man ska ha så svårt med talets gåva. Han var ovan att uttrycka djupare känslor. Kunde inte förklara hur han egentligen kände för henne, inombords.

- Jag älskar dig, Sonja, som jag aldrig gjort förr, för någon.

- Jag älskar dig också, Gösta.

Det slutade som vanligt med en djup kyss.

* * *

En timme efter att Sonja gått kom Benny med två kvinnor i släptåg. Han satte upp två flaskor whisky på bordet.

- Vi ska ha lite fest, sa han.

Jag vet inte, svarade Gösta. Jag vill ju helst inte, måste tänka på Sonja.

- Vad är du för en, lite festande gör väl ingenting. Det bryr hon sig inte om, svarade Benny.

Så blev det. De satt till långt ut på natten och drack, spelade musik och diskuterade livets mening. Sen blev allt svart.

* * *

Gösta vaknade med en ordentlig bakfylla. Han vände på huvudet och bredvid i samma säng låg en kvinna och sov.

Vad fan, tänkte han. Vad har hänt? När han såg upp stod Sonja och Ramona och tittade på honom. I det ögonblicket önskade han sig någon annanstans. Sonja vände sig om och gick mot ytterdörren utan ett ord. Han rusade upp ur sängen.

- **SONJA, skrek han.** Gå inte. Jag vet inte vad som hänt. Snälla Sonja, jag älskar dig, bara dig.

Men det var till ingen nytta. Han väckte Benny och kvinnorna, fick dem ur huset.

Sonja och Ramona gick hemåt.

- Nu gör du väl slut, Sonja?

- Nej, jag tycker om honom. Men kan jag lita på honom?

Ett frö av tvivel hade satt sig i Sonjas sinne och det kan vara förödande i ett förhållande.

Men hon förlät honom och bestämde sig för att ge honom en ny chans. Hon återvände till Gösta på kvällen.

- Kan du förlåta mig, Sonja?

- Du är förlåten, men försök att avspisa Benny. Han är inget bra sällskap.

- Jag vet, men vi har varit vänner sen barnsben.

- Gösta, vill du ha ett liv med mig så måste du avstå det sällskapet.

Så tillbringade de en lugn hemmakväll och Sonja stannade över natten.

På morgonen, när de druckit kaffe, måste Sonja gå till sitt arbete.

- Kom nu ihåg, Gösta, om Benny kommer så släpp inte in honom. Du vet vad jag har sagt. Han eller jag.

- Givetvis blir det du, Sonja. Dig vill jag inte förlora.

Hon gav honom en kyss, innan hon gick.

Nu gällde det för honom att hitta ett nytt jobb. Han lyckades få jobb samma dag på ett företag som framställde korvskinn. Han skulle börja nästa vecka.

Han köpte två flaskor vin. I kväll ska vi fira detta, tänkte han. Bara Sonja och jag. Så köpte han räkor och smörgåspålägg. När han kom hem gjorde han i ordning ett dukat bord, med levande ljus och blommor i en vas mitt på bordet.

Sonja kom direkt efter arbetet och de satte sig och frossade. Efter att de ätit och druckit lite satt de omfamnande i soffan och diskuterade sin gemensamma framtid.

Då kom hans mor och syster. De satte genast igång med att brygga kaffe och diska. Medan de var igång i köket fortsatte Sonja och Gösta sin diskussion. Han var nu salongsberusad och kysste henne passionerat. Hans hand följde hennes ben upp mot låret och hamnade till sist på ett ställe som inte var så lämpligt för tillfället. Då hörde de en ilsken röst.

- **VAD ÄR DETTA?** skrek hans mor. **HAR DU SETT DIN FAR OCH JAG BÄRA OSS ÅT SÅ?**

- **Nej, morsan. Jag har aldrig sett er ge varandra ömhet.**

Modern och systern gick därifrån och Sonja och han skrattade medan de fortsatte sin fest.

Sonja var tvungen gå hem så småningom, för att slippa bannor av sin mor. Gösta satt sen ensam och funderade. Han gladde sig åt deras gemensamma liv som de planerade. Han kom sent i säng den kvällen och somnade med ett lyckligt leende.

* * *

Nästa morgon vaknade han pigg, nöjd och glad. Livet leker, tyckte han. Tänk att han haft sådan tur att träffa en kvinna som var beredd följa honom genom livet och inte vilken kvinna som helst. Detta var hon med stort H. Som han var inne i sina funderingar knackade det på dörren. Det var modern. Hon gick genast till sovrummet för att kolla.

- Hon är inte kvar, sa hon.

- Nej, det är hon inte, vad du nu har med det att göra, sa Gösta.

- Jag tycker om Sonja, men du får inte förstöra henne, sa modern.

- Det har jag ingen tanke på, morsan. Tvärtom, vill jag ha ett liv med henne. Utan inblandning från dig eller systern min.

- För all del, jag tänker inte lägga mig i.

- Då kan du tala om för din dotter att hon inte är välkommen hit i fortsättningen.

- Det ska jag visst göra.

Gösta gjorde i ordning kaffe och smörgåsar. När de var klara med det gick hans mor.

När det var juletid hade Gösta lovat sin mor att vara hemma hos henne fram till nyår. Det gjorde honom inget eftersom Sonja bodde tvärs över svalen och kom in till honom varje dag. De satt ofta på hans gamla pojkrum. Hans mor och Ramonas mor hade köpt en halv gris, så det var full rulle i köket. Där gjordes korvar, köttbullar och allt som hör julens matbord till. Hela julhelgen gick i fridens tecken och nyårsafton pendlade Sonja mellan lägenheterna.

Så var det 1968.

*   *   *

Gösta kom hem efter skiftarbetet klockan tio på kvällen. Innan han hann tända taklampan hörde han en röst.

- Hej, Gösta.

Det var Benny.

- Hur har du kommit in?

- Jag tar mig in var jag vill.

- Detta tycker jag inte om, Benny. Du får gå igen! Så här gör man inte om man vill vara kompis.

- Men jag har ingenstans att ta vägen.

- Du bor ju hos dina föräldrar. Gå dit! Här vill jag inte ha dig. I och med detta är vår vänskap över och jag vill inte se dig mer. Jag hoppas att du går frivilligt.

- Om jag inte gör det då?

- Benny, var nu inte dum. Man bryter inte in hos en vän och tror att man ska få stanna. Nu går du, Benny!

Benny gick och ilskan kokade inom Gösta. Han var tvungen att dricka en stark kopp kaffe, för att lugna sig. Efter det gick han till sängs, trött efter skiftet.

*   *   *

Han vaknade på morgonen av att dörren smällde igen.

Är den jäveln här nu igen, tänkte han. Men det var Sonja som kom.

- Sonja, kan vi inte hyra en lägenhet tillsammans, du och jag?

- Nej, jag kan inte flytta hemifrån ännu. Vi får vänta lite. Vi måste tänka efter om detta ska hålla. Vi får se tiden an.

Han började tvivla om det skulle bli något fast och beständigt mellan dem. Han fick väl avvakta och se vart det ledde. Kanske bäst att åta henne ta initiativet. Men han längtade efter hem och familj med henne.

De tillbringade den förmiddagen tillsammans.

Klockan två skulle han börja sitt skift, så Sonja gick hem innan dess.

Den dagen på jobbet känd han att detta ville han inte hålla på med. Men visste vad han annars skulle göra. Han började vantrivas med sitt arbete.

Nästa dag sjukskrev han sig. Han var orolig och rastlös.

Rädd för att Sonja höll på att glida från honom. När Benny
uppenbarade sig blev han insläppt, för Gösta behövde någon
att prata med just nu.

- Den här gången har jag ingen sprit ned mig, sa Benny.

- Jag har en kvarter Nyköping i skafferiet, sa Gösta.

- Låter det så nu?

Gösta hämtade flaskan och slog upp ett par glas.

- Jag behöver prata med någon, om Sonja. Du vet att jag
älskar henne vansinnigt. Men jag känner att jag håller på att
förlora henne.

- Om du mister en Gösta står det tusen i kö.

- Nej, mister jag henne är det slut med kvinnor för min del.

- Ska du bli munk din jävel?

- Nej, men jag kommer aldrig att ha ett fast förhållande mer.

- Det gör väl inget. Du vet, ungkarlslivet är makalöst.

- Ja, du kan skämta om det som lever för dagen och inte
bryr dig om morgondagen.

De blev salongsberusade på den flaskan och då kom Sonja
och Ramona.

- Jag vill bara tala om att det är slut mellan oss, sa hon och
lade nycklarna på bordet.

- Varför, Sonja?

Men det svarade hon inte på, utan gick därifrån.

- Mina aningar slog in, sa Gösta.

- Skit i det. Vi skaffar mer sprit.

- Nej, jag hr inte lust. Nu vill jag vara ensam. Gå hem, Benny.

Gösta grubblade om han gjort något fel. Men kunde inte komma på något.

* * *

Han tappade livslusten och när sjukskrivningen var över återgick han inte till arbetet. Efter en tid hyrde han en ny lägenhet på S. Förstadsgatan. Där startade han en firma för fotoframkallning och all slags mörkrumsarbete. Det gick han runt på ekonomiskt. Men inget överskott. Det gick jämnt ut. På morgnarna var han tidningsbud.

En dag fick han reda på att Sonja bodde i närheten. Han tog reda på hennes telefonnummer. Han ringde henne. Hon svarade.

- Hej, sa han.

Han hörde henne sluta andas.

- Vänta, sa hon.

Efter en stund var hon tillbaka.

- Jag var tvungen att tända en cigarett. Jag blev så nervös. Jag trodde inta att jag skulle höra av dig igen.

- Jag kunde inte låta bli, Sonja. Får jag träffa dig igen?

- Javisst får du det.

- Kan du komma hem till mig?

- Ja, sa hon.

När hon stod i dörren kom alla känslorna tillbaka. De satte sig i soffan.

- Sonja lilla, kan vi inte börja om?

- Jag träffar dig gärna, men jag vet inte om det kan bli något fast" sa hon.

Han böjde sig fram och kysste henne. Hon besvarade det lika lidelsefullt som förr. Det måste finnas känslor kvar även hos henne, tänkte han.

Därefter träffades de regelbundet hos varandra. Hon fick även en nyckel till hans lägenhet.

Sonja kom dit en eftermiddag och talade om att hon var gravid. Han såg på henne och fick inte fram ett ord. Men inom honom bubblade det, tills hon sa;

- Det är inte ditt, Gösta.

Han hoppades att besvikelsen inte syntes i hans ansikte.

Men de fortsatte med sina kärleksstunder och en dag kunde

han inte hålla sig längre, utan frågade rak ut,

- Sonja, vill du gifta dig med mig?

- Jag måste ha betänketid, Gösta.

Det fick hon. Efter två veckor hade hon bestämt sig.

- Nej, Gösta. Jag tycker ju om dig, men kan inte svara ja på det.

Han frågade inte varför. Han förstod innerst inne svaret. Hon kunde inte lita på honom, för festandet och de oregelbundna arbeten han har. Hon kände ingen riktig trygghet med det. Det förstod han. Men han var ju beredd att ändra på sig, för hennes skull. Men han fick inte fram de rätta orden. Så han nöjde sig med de stunder han fick med henne,

Efter en kärleksstund hemma hos henne sa Gösta;

 - Jag orkar inte fortsätta så här. Kan jag inte få dig för mig själv så får det vara slut.

Hon fick tårar i ögonen. Han förstod inte henne riktigt. Hon tyckte tydligt om honom, det såg han. Men var inte beredd att ta steget fullt ut. Han gick därifrån, hon stod på balkongen, gråtande och sa tyst;

 - Gösta.

Han hörde henne, men vände sig inte om. Hans hjärta brast i det ögonblicket. Men han kunde inte dela henne med någon annan.

* * *

Han träffade henne två gånger till. När han flyttat till Holma, ringde han henne och frågade om hon ville besöka honom.

 - Jag måste få träffa dig igen.

 - Jag kommer, sa hon.

Hon kom med sin lille son och han blev genast glad för hennes skull. Det var en rar pojke hon fått.

- Jag ska ha en liten fest i kväll, sa Gösta. Kan du inte komma?

Det gjorde hon, efter att ha lämnat barnet hos sin mor. Det blev en lyckad kväll och till slut sa Sonja till sällskapet;

- Nej, nu är festen slut. Gösta och jag ska gå och lägga oss.

Det blev deras sista kärleksnatt. Han besökte henne en gång till, när hon flyttat till Kävlinge. Efter det hade de ett telefonsamtal, där de bestämde att fortsätta träffas. Men han kunde, trots allt, inte. Han ville vara ensam om henne, annars fick det vara.

En gång körde han sin vita Volvo PV ut till hennes hus i Kävlinge och stannade en bit ifrån. Bara för att få se henne en sista gång. Han väntade i två timmar, men hon syntes inte. Så han körde hemåt igen.

Efter något år ringde han henne, för att få höra hennes röst, men ingen svarade. Där slutade han söka henne. Men glömma henne gjorde han aldrig. Hon fanns i hans tankar dagligen.

KOMPISAR

I Malmö finns ett bostadsområde som heter Katrinelund. Där flyttade en hel del familjer in när det var nybyggt, 1961. Där träffade jag Lennart första gången. Jag och Axel mötte honom. Då var han stupfull, 16 år gammal. Eftersom han raglade omkring och inte verkade kunna ta hand om sig själv tog vi honom under var sin arm och ledde ut honom på ängen vid Katrinelund. Där tog vi av honom skjortan och sedan våra egna skjortor. Sen lade vi oss vid gräskanten med Lennart mellan oss. Anledningen till detta var att vi set två fotpatrullerande poliser närma sig. De gick lugnt förbi tittade och skakade på huvudet. Det var ju höst, visserligen sken solen men temperaturen var ju inte till vår fördel.

* * *

Jag hade fått tillåtelse att röka av mina föräldrar. så en dag frågade Lennart om vi kunde gå upp till mig och röka. Jo, det gick väl bra. Sagt och gjort. Nu var Lennart en liten kille, trots sin ålder, så när jag bad min mor gissa svarade hon 13 år.

Lennart och mor kom genast i snack med varandra och han
berättade de ruskigaste skräckhistorier han sa sig ha upplevt
uppe i Blekingeskogarna, där han kom ifrån. Mor skrattade
glatt åt hans svada och han skrattade ännu högre. Men när
han började sin historia om den huvudlöse mannen i kvarnen
fick hon nog och bad oss gå ut, för hon hade annat att göra.
Ja, Lennart var en kille för sig. Snäll, rolig och full av hyss.

* * *

En dag stod jag och Lennart på balkongen hos oss på sjunde
våningen. Där fanns också fem lådor äpplen som far skulle
sälja till fruktaffärerna, samt en spann med mors inlagda
Islandssill. Lennart fick syn på en man som parkerade sin bil.

- Jag tål inte den jäveln, sa Lennart.

Han tog ett äpple och kastade så det hamnade på biltaket.

- Fan, miss, sa han.

Han tog nya äpplen och började bombardera mannen friskt.
Jag ville inte vara sämre, så jag följde Lennarts exempel. Men
lyckades aldrig träffa mannen Det var bilen och marken som
fick ta emot bombardemanget.

Min far satt i sin fåtölj och läste dagstidningen och mor
sysslade i köket. De märkte ingenting. Till slut tittade
mannen upp och hötte med näven. Lennart hötte tillbaka och
då såg mannen var äpplena kom från. Han började gå mot
vårt hus. Vi gick in på mitt rum och satte oss i lugn och ro.
Plötsligt ringde det på dörren, följt av ett våldsamt bankande
på densamma.

- Vad i helvete är det nu sa far och öppnade. Han fick snart
situationen klart för sig och kallade ut oss i hallen.

Men vi var ju oskyldiga som små lamm och förstod inte vad som hänt. Mannen blev ännu rödare i ansiktet, han stod och hoppade av ilska. Far gav honom en låda äpplen, som han tog emot, för att sen muttrande avlägsna sig.

- Nu stannar du inne resten av dagen, sa far.

Han hämtade de andra äpplena och ställde dem i köket. Jag och Lennart gick ut på balkongen igen. Då fick jag en idé med sillen. Jag tog en sill och släppte ner den på grannens balkong. Lennart skrattade vansinnigt.

- Där fick han napp, sa Lennart.

Jag tog en till och släppte ner. Lennart kunde inte sluta skratta. Då ringer det på dörren igen.

- Nu får du öppna, sa far till mor.

Det gjorde hon. Där stod grannen med en stor Islandssill i näven.

- Nej, tack, sa mor. Vi har egen sill.

När hon fick klart för sig vad det gällde så fick grannen behålla sillen.

- Fortsätter ni så här är vi snart utan mat i huset, sa far.

*   *   *

Vid nyår hade mor köpt en anka som skulle bli middag inför ett besök av släktingar. När Lennart såg den frågade han om vi skulle ha sprängd anka. Det hade jag ingen aning om.

- Men det kan vi göra, sa jag.

Jag hämtade några raketer och stoppade i ankan,

sen bar vi ut den på balkongen och tände på. Efteråt sa Lennart;

- Fan vad den blev sprängd.

Där låg ankan i jag vet inte hur många bitar. Eftersom den inte gick att använda till middag fick mor gå ner till affären och köpa en ny anka. Hon var inte glad i blicken när hon tittade på Lennart som satt och skrattade högljutt och glatt.

- Fan, sa han, sprängd anka verkar inte vara någon delikatess.

*   *   *

Lennart kom en fredag och ville låna mors cykel och det fick han. Han skulle cykla till Ystad och hälsa på en kompis.

När mor skulle ta sin cykel på måndagsmorgonen stod den i cykelstället med framhjulet i en snygg åtta och styret hängde på sniskan. Hon gick upp till Lennart och frågade vad som hänt.

- Han sover ruset av sig, sa hans mor. Han kom hem mitt i natten och visste inte var han varit.

Men som Lennart sa efteråt, när han nyktrat till;

- Jag hade i alla fall cykeln med mig hem.

*   *   *

En lördagseftermiddag satt vi och tittade på tecknad film i tv. Där var en figur som svängde i en takkrona. Lennart skrattade så han höll på att storkna. Han titta upp på vårt tak där det hängde en takkrona.

- Undrar om den håller, sa han.

Han tittade illmarigt på mig.

- Vi testar, sa jag.

Vi tog bort bordet så jag fick svängrum. Sen tog jag ett skutt och fick grepp om takkronan. Men den svängde bara en gång, sen lossnade den från taket och for i golvet, med mig under den.

Lennart skrattade å han tappade andan.

Morsan såg inte glad ut när hon kom hem och jag hade ont i ryggen efter det äventyret. Då tog mor och smörjde in min rygg med smör och virade sen en gasbinda runt hela min kropp. Jag trodde Lennart skulle dö av skratt. Så mycket hade jag inte hört honom skratta förr.

- Det måste vara ett dåligt bygge, med ett sånt svagt tak, sa han.

- Men jag då? jämrade jag mig.

Då började Lennart skratta igen. Ja, han var en figur för sig.

* * *

Tro det eller ej, men jag hade lyckats skaffa mig en liten fästmö och då ville Lennart inte vara sämre. Så han köpslog med en annan kompis om dennes flickvän. De kom överens om 25 öre. Men när Lennart kysst sin nya flickvän ville han ha pengarna tillbaka.

- Fan, sa han. Det var inte vad jag trodde.

Eftersom Lennart var stark som en oxe fick han sin 25-öring.

Kompisen fick tillbaka sin gamla fästmö.

*　*　*

Ja, Lennart ville prova på allt här i livet. En dag fick han för sig att vi skulle röka cigarr. Vilket ingen av oss gjort tidigare. Han köpte den största och svartaste cigarren han kunde finna och en likadan till mig. Jag hade aldrig förr sett en så lång och fet cigarr.

- Detta ska smaka muffens, sa Lennart.

Vi gick in i Atleparken, satte oss mitt i backen och tände våra cigarrer.

- Man ska ta stora långa halsbloss, sa Lennart.

När jag tagit tre såna halsbloss blev Lennart dimmig, när jag såg på honom och det började snurra förfärligt.

- Du är alldeles grön i ansiktet, sa jag.

- Ja, sa han när han slutat spy. Men det är ingenting mot vad du själv är. Fan, det var den grönaste färg jag sett och aldrig på en människa förr.

Eftersom det var dyra cigarrer bestämde vi oss för att röka upp dem, innan vi gick hem. Jag tror att jag låg till sängs i tre dagar efter det, oförmögen till någonting annat än att spy. Men Lennart kom och höll mig sällskap på rummet under den tiden.

- Det var bra krut i de cigarrerna, sa han.

- Ja, jämrade jag mig. Men vi låter bli cigarrer i fortsättningen.

37

- Ja, sa Lennart, det finns så mycket annat att prova här i livet.

Jag bävade för vad han skulle hitta på. Men det var lugnt ett tag framåt och jag blev återställd och glömde allt om cigarrer.

* * *

En lördag kom Lennart och sa att han skulle åka till Solhagen och dansa.

- Då behöver du en pilleknarkare, sa far och hällde upp en sup till honom.

Då var Lennart 18 år och där gick gränsen för far om han skulle bjuda på en sup.

Lennart svepte supen innan någon hann blinka. Far skrattade, för han hade inte hunnit lyfta glaset från bordet.

- Fan, sa Lennart, den satte sig i fel ben.

Han lyfte på benet och skakade det, som om supen skulle gå över till andra benet.

- Då får du väl ha en till så det blir jämnvikt.

Den svepte Lennart lika kvickt.

- Nu, sa Lennart, är jag klar för dans.

Sen gick han och syntes inte till förrän på måndagen.

* * *

Några år senare, när jag fyllt 16 år, arbetade jag på Karnevalen i Lund. När jag fått min lön därifrån bjöd jag Axel och Lennart på Restaurang Kvarnen.

När vi satt oss till bords sa Lennart att vi måste ha oss lite konjak.

- Nja, sa jag, jag har inte druckit sprit sen jag var fem år och det var inget vidare.

- Ah, sa Lennart, det är ingen fara.

- Men, sa jag, ingen av oss är 21 år och då serverar de ingen sprit.

- Låt mig sköta snacket, sa Lennart.

- FRÖKEN, SKREK HAN OCH servitrisen kom fram till vårt bord.

- Kan vi få tre tior konjak, sa Lennart.

Servitrisen tittade misstänksamt på oss.

- Har ni fyllt 21?

Lennart började skratta.

- Tack för komplimangen, men vi känner oss också yngre.

Då skrattade hon med och hämtade drinkarna.

När hon kom tillbaka satte hon 10 centiliter konjak till var och en av oss.

- Men, sa hon, ni måste beställa något att äta också.

- Ta in var sin macka, sa Lennart.

Det kom in tre bastanta räkmackor.

Därefter gick vi ut på stan. Jag kände mig rätt så rund under fötterna.

Men Lennart som var mer van sa att det går över när vi
promenerat lite. Det gjorde det också och när jag kom hem
hade mor fest för karnevalsgänget vi jobbat tillsammans med.

- Är han inte ovanligt blank i ögonen, sa mor när hon såg
mig.

Nejdå sa en man i sällskapet, det är naturligt och så blinkade
han till mig. Han förstod bad det var.

Jag gick in på mitt rum och lade mig.

Det var första men inte sista gången jag festade med Lennart.

* * *

Några år tidigare hade Lennart fått syn på en kvarter renat,
när jag öppnade kylskåpsdörren.

- Ska vi ta lite, sa han.

- Nej, sa jag, det är fars så det vågar jag inte.

- Men, sa Lennart, töserna gillar när man luktar lite sprit, då
tycker de man är manlig.

Jag funderade en stund, sen tog jag en sockerbit och dränkte
in i renat och stoppade den i munnen. Då kom far och såg
mig med flaskan i handen.

- Vad fan, sa han och ryckte åt sig flaskan.

Då sprang vi därifrån.

- Luktar jag karl nu?

Jag andades på Lennart.

- Ja minsann, sa han.

När vi kom ner i trappan, där kamraterna stod, andades jag
på min lilla fästmö. Men hon reagerade inte som Lennart
påstått. Istället satte hon upp en ogillande min. Så man kunde
inte lita på allt han påstod. Sådan var Lennart.

*   *   *

Lennart frågade mig en dag;

  - Är du svendom?

  - Vadå svindum?

Då skrattade han.

  - Fan, du är oskuld din jävel.

Då rodnade jag över hela kroppen.

  - Det måste vi göra något åt, sa han.

  - Nej fan, sa jag. Nu får det vara nog med dina påhitt. Jag är
ju bara 14 år.

Då skrattade han igen.

  - Jag var 8 år när jag debuterade, sa han.

Jag tittade tvivlande på honom. Man visste inte vad man
skulle tro om Lennarts påståenden. Ibland var de sanna,
ibland si så där.

  - Nu får du det ordnat, sa han.

  - Okej, sa jag.

Efter ett par dagar frågade han om det var ordnat.

  - Jodå, sa jag.

- Hur gick det då?

- Nja, så där, sa jag.

Han skrattade så han höll på att kissa på sig.

- Du saknar antagligen tekniken, gosse, sa han. Tekniken är allt.

Men då tyckte jag det fick vara nog. Någonting ska man ha för sig själv, menade jag.

- För all del, gosse, sa han.

Sen talade vi inte mer om det.

* * *

En kväll när vi varit på bio och stod och väntade på bussen fick vi syn på en s.k. "nattfjäril". Lennart gick fram till henne. Jag hörde inte vad de sa. Men plötsligt låg Lennart raklång i rännstenen, efter ett välriktat slag från henne. När han kom fram till mig sa han;

- Fan, vilket häftigt fruntimmer. Henne gillade jag.

Jag såg undrande på honom.

- Vad hände?

- Nja, sa Lennart. Vi diskuterade priset. Hon ville ha 100 kronor. Men det tyckte jag var i överkant, så jag bjöd 25, högst 30- Det var då det small.

Han skrattade högljutt.

- Fan, sa han, vilket fruntimmer, henne gillade jag.

När jag fyllt 17 år jobbade jag på posten och när jag fått min
första lön gick jag hem till Lennart och sa att nu ville jag
prova whisky, men eftersom jag då var ovan sa jag att han
bara fick köpa en halv flaska. Jag väntade i Atleparken. När
han kom så hade han köpt en hel flaska.

- Fan, sa jag, det vågar jag mig inte på.

- Aja, sa han, det klarar du nog.

Jo, det trodde han. När flaskan var slut var jag totalt borta
och örlade omkring i parken och visste inte ens var jag var.

Men till slut hittade jag hem och gick till sängs. Men mitt i
natten blev jag yr och steg upp, vinglade ut i köket. Då kom
mor och såg mig.

- Har du druckit?

Det måste jag ju erkänna. Men hon bara skrattade och lagade
starkt kaffe så jag nyktrade till.

*   *   *

Efter att Lennart gjort lumpen gick han till sjöss och på hans
första resa hamnade han på en bar någonstans i Skottland.
Där kom han i bråk med en skotte som krossade en flaska och
stack i ansiktet på honom. Efter tre dagar på sjukhuset ansåg
läkarna att de måste operera bort det ena ögat på honom.

Efter något år fick han ersättning för detta och då började han
leva livet fullt ut. Först köpte han en blå skräddarsydd
smoking med svarta slag. Sen gjorde han kroglivet runt stan i
två år. Då var pengarna slut. Han brukade säga att den
perioden var den bästa i hans liv och han ångrade aldrig att

han smällde de pengarna. Han bjöd med mig ofta på den tiden och ett minne jag har av detta är när vi satt i baren på Kockska Krogen och drack whisky. Plötsligt tog han ut sitt emaljöga och lade på bardisken.

- Nu håller du ett öga på min drink mens jag går och pissar, sa han till ögat.

Sen gick han och gjorde det han skulle.

Vid den tiden beställde han alltid in entrecote, det var den stående maträtten, vilken krog vi än hamnade på.

Historien om Lennart slutar här. Det är många år sen han lämnade detta livet. Frid över hans minne.

VILSEN UNGDOM

I en liten stad någonstans i Sverige, ett bostadsområde som
tillhörde miljonprogrammet. Från ett fönster sipprade den
tjocka haschröken och hög musik spelades därifrån. Innanför
fönstret satt två killar och spelade schack, ibland tog de en
sup ur snapsglasen på bordet. Sen satt de och lyssnade på
tystnaden. Efter en stund reste den ene killen på sig. Han lade
på en LP-skiva och Bob Dylans röst fyllde den lilla
enrummaren. När musiken tystnat reste killen på sig igen.

- Nej, Christer, det är dags att jag går hem och knyter mig.

- Okej, Sven. Vi hörs när vi syns.

När kompisen gått tog Christer på sig jackan och
promenerade ett par hus bort. Han gick upp till en kompis.

- Hej, kommer du? Kom in! Jag ska precis ta en macka, vill
du ha?

- Nej tack, jag är inte hungrig.

- Vad snackar du om? Vet du inte vad en macka är?

Christer såg frågande ut, men satte sig i soffan och kompisen kom ut ur köket med en spruta. Han satte sig i den andra soffan och stack sprutan i armvecket. Eftersom det var en gammal kompis från barndomen blev Christer lite ledsen, för att denne börjat med sådant. Kompisen sjönk in i dvala. Christer avvaktade och funderade på om han skulle gå eller stanna kvar. Plötsligt satte sig killen upp och sa att det var fina grejer.

- Vad är det?

- Amfetamin, kompis.

Christer kände sig olustig och gick hem. Han förstod inte hur en bra kamrat hamnat där, med tyngre droger. Men han fick rätt så snart reda på att kamraten, Birger, var ledare för gänget på området och vida känd bland grannarna.

* * *

Ett par dagar senare kom Birger hem till Christer och frågade om han ville åka med ner till Köpenhamn. Det gjorde de. De var fyra killar och en tjej, Karin, som åkte. När de kom fram fortsatte färden till Christiania. Där såldes hasch helt öppet. När de var på väg ut igen hörde Christer ett vilt bråk bakom sig. När han vänder sig om såg han tjejen i sällskapet i ett viltslagsmål med en dansk tjej. Den danske tjejen hade dragit kniv och var på väg att sticka den i magen på Karin. Christer kastade sig fram och fick tag i armen på henne och lyckades vrida kniven ur hennes hand. Han kastade ner henne på marken och höll fast. Han ropade till en av de andra killarna att hålla fast Karin. När tjejerna lugnat sig släpptes de och kamratgänget kunde lämna Christiania i lugn takt.

46

Vid hamnen frågade Birgers bror, Karl, om Christer ville föra över något, eftersom han själv var kraftigt berusad och befarade att bli stoppad i tullen.

- Vad är det för något?

- LSD.

Karl tog upp fyra små pappersbitar och räckte över till Christer, som stoppade dem i sin plånbok.

- Men, sa Christer, då åker jag ensam över med flygbåten så får ni andra ta den andra färjan tillbaka. Sen träffas vi där hemma.

På flygbåten till Malmö var Christer nervös för hur det skulle gå. Men han kom igenom tullen utan problem och fortsatte till tåget som gick hemåt. När han kom hem väntade han några timmar och gick sedan över till Birger och överlämnade varorna. För sin insats blev han bjuden på sprit. När de blivit ordentligt fulla tog Karl en av pappersbitarna och svalde den. Han räckte över en till Christer, som i fyllan gjorde likadant. Plötsligt förändrades världen och tidsuppfattning och de tycktes inte bry sig om någonting. Karl fick för sig att de skulle gå hem till Karin och Christer följde med. På väg till henne korsade de en gräsmatta och Karl fick för sig att det var havet, så han lade sig ner och kröp över gräsmattan.

- Se, jag simmar över, sa han.

Christer följde Karls exempel. När gräsmattan tog slut reste Christer sig upp och började gå. Men Karl fortsatte att krypa på gatan och fram till Kains bostad. Väl där inne fick de ännu mer sprit och haschröken låg tjock över hela lägenheten. Christer blev trött och började leta efter en säng att siva i.

Innanför den första dörren han öppnade pågick en sexorgie med fyra par. Han stängde igen och fann en dubbelsäng i nästa rum. Där slocknade han. Efter en stund smög Karin in med en kille i släptåg. De lade sig sidan om Christer, i den stora dubbelsängen och började älska. När de var klara reste killen sig och väckte Christer.

- Nu är det din tur.

- Vadå?

Frågade Christer yrvaket. Men då hade den andre gått och stängt dörren efter sig. Christer vände på huvudet och såg in i Karins leende ansikte.

- Vad väntar du på? Sa hon.

- Men, jag vet inte.

- Är du bög kanske?

Det måste Christer bevisa att han inte var och det gjorde han.

* * *

Nästa morgon vaknade han i sin egen säng och undrade hur han kommit hem.

* * *

Samtidigt hemma hos Birger hade Karl hittat en yxa och medan Birger låg och sov smög Karl ut med yxan i handen. Han gick ner till närbutiken och slog yxan i disken.

- **PLOCKA FRAM PENGARNA I KASSAN, FORT SOM FAN,** skrek han.

Det gjorde de och han lade dem i en medhavd väska.

Han gick ut ur butiken, lugnt och sansat. Yxan hade han
också lagt i väskan. När han kommit in till Birger igen och
stängt dörren efter sig hörde han sirenerna från polisbilarna.
Men då var han i säkerhet. Personalen i butiken kände
honom inte. När han räknade pengarna var där fyratusen
kronor.

*   *   *

Karl gick hm till Christer på kvällen.

- Vill du följ med på puben, Christer?

. Det kan jag väl göra, sa Christer.

De tog taxi dit och väl där fick de kontakt med två utländska
tjejer. När de beställt och druckit två flaskor rödvin tog alla
en taxi hem till Christer. Efter några timmar följde den ena
tjejen med Karl hem. Den andra stannade kvar hos Christer
över natten. På morgonen när hon klätt på sig och gått låg
Christer och funderade. Det här festandet och lösa
förbindelser håller inte i längden, tänkte han. Jag måste bryta
det. Men det var lättare sagt än gjort.

*   *   *

Gänget skulle åter åka över till Köpenhamn. Men Christer
följde inte med. Han väntade hemma och senare på
eftermiddagen gick han hem till Birger. En okänd man
öppnade dörren.

- Stig in, min vän, sa han.

Christer gick in och där befann sig ytterligare tre män, som
inte såg ut att höra till gänget. Det visade sig vara kriminalen
som tagit gänget, efter de blivit visiterade i tullen.

De genomsökte Christers kläder och plånbok, men fann inget. När de genomsökte Birgers lägenhet och funnit elva tusen kronor i hoprullade hundralappar, i garderoben, tog de med Birger och två följde med Christer hem och genomsökte hans etta, grundligt. De fann inget och innan de gick sa de till honom att akta sig för att umgås med dessa grabbar, de är återkommande fängelsekunder sa de.

*   *   *

Nästa dag kom Birgers äldre bror, Tore, hem till Christer. Han hade blivit släppt från häktet. Han var sjöman och hade precis kommit hem från en resa. Så han var glad att ha blivit fri och nu skulle det festas menade han. Fortfarande lite uppriven efter gårdagens händelser gick Christer med på det.

   - Ja, man kan behöva något uppiggande, sa han.

De åkte till stans flottaste restaurang och beställde en ståtlig middag. Det blev flera drinkar och starköl till det. Sen ville Tore gå till Systembolaget och där köpte han fyra flaskor renat. Så tog de taxi tillbaka till Christer. Den följande festen varade i flera dagar och under den tiden lämnade de inte lägenheten. Men när kylskåpet blev tomt måste de gå ner till affären. Där handlade de mat och två backar öl. Plötsligt hördes sirener och brandkåren körde upp till grannhuset. Då gick de ner för att titta och det var en ordentlig eldsvåda. Flera från gänget stod redan där och de blev alla inplockade i polisens buss och förhörda, men Christer och Tore blev släppta.

Det visade sig att det var en gängmedlem som var skyldig och så var de en mindre. Birger fick 8 månaders fängelse för han varit drivande i knarkaffärerna.

Christer, Tore och Karl fortsatte att festa, utan att bry sig om världen utanför deras egen krets.

*   *   *

En kväll när Christer kom hem till Karl var lägenheten full med folk. Ingen var nykter. Karl gick till garderoben och kom ut med öl. När Christer tittade in i garderoben stod där åtta fulla backar öl. Han ville inte fråga var de kom ifrån, men anade det.

- Vi firar att jag ska åka i fängelse i morgon, sa Karl.

Han hade åkt dit för yxrånet.

Christer drack bara några öl, sen gick han hem igen. Där väntade Tore i porten.

- Kan vi inte köra en sväng, sa han.

De gick bort till garaget och hämtade Christers bil, sen körde de ut på landsvägen.

- Se vad den går för, föreslog Tore.

Christer trampade gasen i botten och snart var de uppe i 160 knutar. Då satt Tore tyst och höll sig med båda händerna på instrumentbrädan. Christer svor för att han inte fick upp den i ännu högre hastighet. Plötsligt började det osa skumt, i hela bilen.

- Vafan, sa Christer. Sitter du och skiter i min bil?

- Nej fan, det är inte jag.

De svängde in på en mack och tankade, sen körde de tillbaka.

Men halvvägs hem saktade bilen ner, för att till slut stanna. De fick hjälp av en annan bilist som bogserade bilen dem hela vägen hem. Där konstaterade de att den läckte olja och såg att hela motorn var paj. Det var orsaken till den skumma lukten.

- Det blir att köpa en ny bil, sa Tore.

- I helvete heller, sa Christer. En begagnad motor får duga, sen blir den som ny igen.

Så det blev en begagnad motor på bilskroten, för 800 kronor, så var den körklar igen.

När de kommit hem och suttit och groggat en stund, så kom en kille från gänget, Kotte. Han hade med sig amfetamin och Tore tog en spruta, liksom Kotte. Men Christer drack det.

- Nej fan, sa Christer efter en stund. Det var rena skiten, kände ingenting.

Sen fortsatte han dricka sprit. De andra två befann sig i dvala, verkade det.

* * *

På morgonen vaknade Christer ensam. De andra två hade försvunnit. Det ringer på dörren och där står en kille ur gänget som han inte visste namnet på. Han ville sälja en pistol, men Christer avböjde.

- Vad fan ska jag med den till?

- Jamen den är het, det har skjutits en människa med den.

- Och då vill du sälja den till mig? Nej, tack, min vän.

Christer föste ut honom genom dörren.

Christer fick jobb nere på fabriken i stan och började komma på grön kvist igen. Nu var det bara helgerna som gällde för honom, vad det gällde fester. Men de var lika vilda som alltid. Tore och Christer åkte över till Köpenhamn och drack sig igenom ett antal hamnkrogar. När de var på väg till ännu en sjönk Tore ihop på gatan. Det gick inte att få liv i honom. En vänlig danska ordnade så att de fick bära upp honom till hennes lägenhet. Där fick han sova ruset av sig. Hon plockade fram olika spritsorter och så fortsatte de två festa. Men till slut slocknade Christer också.

Han blev väckt på morgonen av Tore som var otålig och ville till en krog, för mat och dryck. De tog adjö av den vänliga kvinnan och fortsatte festen. Men sen ville Christer resa hem. Men Tore stannade kvar i Köpenhamn.

* * *

När Christer kom hem var det ett stort polispådrag i grannhuset. De hade hittat en styckad kvinnokropp i ett badkar. Men huvudet var borta. Likaså var lägenhetsinnehavaren. Det kom fram att han var slaktare och hade egen affär. Det var inte många som köpte köttfärs mer i samhället.

* * *

Det var måndag morgon och Christer körde till sitt arbete. Men halvvägs dit saktade bilen ner för att till slut stanna. Han gick till arbetet och därifrån ringde han skrotfirman och bad dem hämta bilen.

- Behåll biljäveln, jag vill inte se den mer, sa han.

Birger skulle sälja sin bil, för han skulle gå till sjöss.

Så Christer slog till och köpte en Volvo PV. På lördagen
skulle det provåkas. Tre killar ur gänget var med.
Naturligtvis skulle det inköpas gräs till rökning. När det var
gjort så var bilen snart inpyrd med den karaktäristiska
doften, så alla fönster fick öppnas och den tjocka röken
försvann ut och kund tydligt ses. De fick snart en polisbil
efter sig och blev stoppade. När polisen kom fram stack han
in huvudet och sniffade. Men sa inget, utan han ville se
körkort och papper på bilen. Alla fyra i bilen satt som små
änglar. Polisen gick runt bilen och kollade noga. När han kom
fram till Christer sa han att det inte är lämpligt att köra med
dubbdäck på sommaren. Christer förklarade att han precis
köpt bilen och inte hunnit byta däck. Polisen lät sig nöja med
det. Men han tittade misstänksamt på passagerarna. De var
säkert igenkända. När polisen försvunnit skrattade de gott
och fortsatte sitt rökande. Christer körde till systembolaget
och inhandlade helgens ranson av dryckesvaror.

När de kom hem till Christer satte festandet igång och snart
var de ordentligt packade, alla fyra. Då ringer det på dörren
och det var Sven och hans polare, Sivert. De hade två
helflaskor vodka med sig. Efter någon timme undrade Sivert
var Sven tagit vägen. De fann honom på toalettgolvet med
byxorna neddragna till hälarna. Han hade ramlat av stolen
när han gjorde sina behov. De fick på honom byxorna och bar
in honom till sängen, där han fick vila.

Det ringde åter på dörren.

  - Vafan, kommer det fler?

Christer öppnade och det var Karin som hade med sig två
andra tjejer. De slöt sig till sällskapet. Karin satte sig genast i
Christers knä.

- Får jag stanna här? Har misst min lägenhet, viskade Karin.

- Nja, bara tillfälligt, i så fall, svarade Christer.

- Ja, bara till jag får något nytt. Jag lovar att betala.

- Det är inte nödvändigt.

- Men in natura, som man säger.

Hon log inbjudande.

- Nja, det är inte heller nödvändigt. Jag vill inte engagera mig i något förhållande just nu. Har fått nog av det.

- Vi behöver inte ha ett fast förhållande. Jag vill bara återgälda din vänlighet.

- Okej, vi får se när vi fått ut alla gästerna.

* * *

När sällskapet gått och bara Karin var kvar sa Christer;

- Du får ta sängen så sover jag i fåtöljen.

- Var inte tramsig. Det är plats till oss båda i sängen.

- Men jag vill inte inveckla mig i fler relationer.

- Har du inte hört tals om sex för vänskaps skull?

- Jo, men det kan snabbt bli allvarligt.

- Vad skulle det göra? Vi har ju provat det förr, eller hur?

Så blev det, men Karin lovade att det bara skulle vara tills hon fick ny bostad.

På måndagsmorgonen skulle Christer köra till sitt arbete och Karin skulle passa lägenheten och köpa mat att laga till tills han kom hem. När han kom ner till parkeringen stod bilen på klossar, utan däck.

- Fan också.

Han gick tillbaka och ringde arbetet för att sjukskriva sig, så han kunde ordna upp saken. Han förstod att någon i gänget låg bakom.

- Då tar vi en fridag, sa Karin, och bara myser.

Christer som började bli trött på det liv han förde gick med på det.

* * *

Nästa morgon kom två killar från gänget och ville köpa Christers bil.

- Men den har inga däck, sa Christer.

- Det gör inget, det ordnar vi.

Christer log invärtes, Här har vi alltså däcktjuvarna. Men han gick med på att sälja bilen till dem om de godtog hans pris. Vilket de gjorde. Eftersom det var mer än han själv gett för bilen blev det ändå en bra affär.

- Men bilen ska vara från parkeringen senast i morgon bitti.

Det lovade de.

- Nu Karin, tar v hela resten av veckan fritt och skaffar en ny bil.

Det blev en vit Volvo PV denna gång, för 1400:-

Karin och han invigde den genom att köra ut till skogen. Där satte de sig i en glänta, med medhavd matkorg. Därefter älskade de i det fria.

När de kommit hem, senare på kvällen, kom tre killar från gänget med två helflaskor vodka och de festade och hade trevligt, tills en av dem reste sig upp och skrek att han blivit av med sitt amfetamin.

- Vem har snott det? skrek han. Det är du Christer!

- Jag ger väl fan i ditt knark, svarade Christer. Jag vill inte ha med det att göra.

I nästa ögonblick svartnade det för honom och han föll i golvet av ett välriktat slag. Karin grep en flaska och slog i skallen på antagonisten så den gick i flera bitar och han föll ihop sidan om Christer, med blodet rinnande från huvudet.

- Ta ut fanskapet innan jag dödar honom, skrek Karin.

De andra killarna tog med sig honom och gick därifrån. Karin knäböjde vid Christer och överhöljde honom med kyssar.

- Vakna älskling.

Han slog upp ögonen, men fortfarande ringde det klockor i skallen på honom.

- Vad hände? frågade han.

- Jag ska döda den jäveln, svarade hon.

- Nej, ta det lugnt. Men vi släpper inte in dem mer.

- Ska det fests hädanefter så blir det bara vi två, sa hon.

Christer började förstå att det höll på att bli allvar mellan dem och det var inte vad han önskat. Han hade redan några misslyckade förhållanden bakom sig och ville inte uppleva smärtan att bli lämnad igen.

- Karin, sa han. Kom ihåg vad vi kom överens om.

- Det gör jag, sa hon, men man kan inte rå för sina känslor. Det sa jag ju.

- Jag börjar känna likadant och det vill jag inte.

- Okej, jag ska skynda på att söka lägenhet.

*   *   *

Efter en vecka hade hon flyttat och Christer såg henne aldrig mer. Han fortsatte att jobba och sköta sig, inga fester på helgerna. Men så fick han exem i händerna p.g.a. kemikalier på jobbet och fick gå sjukskriven under en lång tid. Under n tiden blev han bekant med en granne som var glad för att festa Då började det igen och det dröjde inte länge förrän han blev av med jobbet. Grannen, Lasse, kom en dag upp och satte tre helflaskor renat på bordet.

- Vi ska väl ha en liten sup, sa han.

- Visst fan, sa Christer.

De hade knappt druckit upp den första flaskan när det ringde på dörren. Det var en gammal fjälla till Christer.

- Men är det du, Tina? Kom in!

- Har ni fest?

- Javisst, sitt ner ska jag hämta ett glas till dig.

Hon var inte den som spottade i glaset. Snart var två flaskor tömda och Tina låg ute på toaletten och spydde.

- Tål hon inget? frågade Lasse.

- Tål din jävel? Hon drack ju upp nästan hela flaskan själv.

- Jamen då är det tur att vi har en till.

När Tina kom in i rummet gick hon direkt till ängen och somnade.

- Viken jävla tur, sa Lasse. Då har vi den siste flaskan för oss själva.

När den också var slut ville Lasse gå ut och fixa brudar. De tog en taxi till puben och där började han direkt jag efter kjoltyg och han fick alltid napp. Han försvann med henne ut. Christer som var plakat orkade inte dricka mer. Han beställde in en middag, kalops.

När han kom ut från puben såg han Lasse ligga under ett träd, sovande i godan ro. Christer väckte honom.

- Vad hände?

- Det vet jag fan inte, vad gör jag här?

- Du gick ju ut med en pingla. Var blev hon av?

- Gjorde jag? Fan att jag inte var med.

Christer fick in honom i en taxi och åkte hem till Lasse. Där han fick honom i säng. Sen gick han upp till sig. Tina låg fortfarande och sov.

Fan också, tänkte han, inte en till. Men det får väl gå. Han lade sig sidan om henne och somnade.

När han vaknade nästa morgon hörde han Tina som spydde på toaletten. Hon hade spytt ner både hår och kläder. Han hjälpte henne av med allt och fick in henne under duschen.

- Fan, jag är bjuden till Lasse på sillafrukost, du får ge dig av, Tina.

- Nej, jag vill följa med.

- Där serveras sprit, du klarar inte mer.

- Jag lovar att inte dricka, men jag är hungrig.

- Okej då.

De begav sig hem till Lasse och där var de i full gång med frukosten och två kvarter stod på bordet.

När Tina blev mätt sa hon;

- Är det all sprit ni har? Hur fan ska ni klara er på det? Jag går och fixar mer.

Hon gick.

Den andre killen, Tommy, hade precis köpt en Chevrolet och undrade om inte Christer kunde köra den tills han, Tommy, fick sitt körkort tillbaka.

- Tina fixar det med spriten, sa Tommy.

- Känner du Tina? frågade Christer.

- Javisst, hon går på gatan och tjänar rätt så grova pengar.

Christer höll på att tappa hakan. Hans gamla flamma? Hur har det gått till? tänkte han.

Hon kom tillbaka efter någon timme med två helflaskor vodka.

- Hit med mer sill, sa hon. Sådan vodka fordrar sill.

Hon verkade inte riktigt nykter ännu. När hon fått sin sill och den ena flaskan var halvfull, så var Tina helfull igen. Då var det dags igen att spy. Christer följde med och höll håret på henne under tiden. Sen gick hon raka vägen till Lasse säng och hade knappt lagt sig när hon somnade. Till slut var Christer så berusad att han kände sig tvungen gå hem. När han kom ner på gatan, hittade han inte huset han bodde i. När han försökte komma in i en trappa passade inte nyckeln. Då kom ett tidningsbud och försökte hjälpa honom.

- Ditt namn står inte på tavlan, det är fel trappa.

Christer blev förbannad och måttade ett slag mot budet, men missade. Sen gick han vidare och letade. Då smög det upp en polisbil bakom honom.

- Hur är det här då?

När Christer förklarat att han inte hittade hem tog de in honom i bilen och kollade hans körkort. De kontaktade stationen och hade snart hans adress och körde hem honom. Men en tid efter det blev han kallad till förhör för misshandel av ett tidningsbud. Detta kostade honom en rättegång och tusen kronor i böter. Men som Lasse sa;

- Då kunde du ju lika gärna träffat rätt, det hade inte blivit dyrare.

*　*　*

Några dagar senare körde Christer och Tommy ner

på raggargatan. Det var tidigt på kvällen och inte många bilar ute ännu. De parkerade på stans välkända gata för "nattfjärilar", för att titta på kommersen. Efter en stund öppnades båda bakdörrarna och in hoppade två tjejer, en från var sida. Det var Tina och en väninna till henne.

- Är ni här i affärer? frågade de.

Tommy skakade på huvudet.

- Vi tar det bara lugnt, sa han.

- Men ni kan väl följa med upp på en kopp kaffe?

Det gjorde de. Men flickorna ville tvunget tjäna pengar och försökte övertala dem. Men grabbarna förklarade att de aldrig skulle betala för det. Med det fick flickorna sig nöja. Efter någon timmes tid körde de ner på stan och släppte av tjejerna. De föll in i en bilkaravan och körde den vanliga rundan. De stannade vid korvkiosken. Christer klev ur för att gå och kissa. Han gick bakom kiosken och ställde sig. Då kom korvgubben ut och puttade honom i ryggen så han pissade ner både sig själv och en kamrat som stod bredvid. Denna kamrat blev så förbannad att han tog upp en tomflaska från trottoaren och slängde genom en ruta på kiosken. När Christer gick tillbaka till bilen stod en Pontiac och brände däck. När röken lagt sig såg de en polispiket närma sig. Alla bilarna körde sakta därifrån.

- STANNA, skrek Tommy.

- Vad är det nu?

- Tina vinkar in oss.

- Får vi åka med er? frågade hon.

- Visst, är ni inte på jobb i kväll?

- Nej, vi tröttnade, har tjänat tillräckligt i dag. Nu vill vi bara mysa.

De hoppade in i bilen. Efter en stund ställer sig en kille i vägen, så de var tvungna att stanna. Tommy vevade ner rutan.

- Vad vill du?

- Jag ska tala med Tina.

Han öppnade den bakre dörren och stack in huvudet.

- Du är skyldig mig pengar, din jävla hora.

- Det är jag inte alls, svarade Tina. Du har fått valuta för Dina pengar, så bara stick härifrån.

Han grep tag i hennes arm och försökte dra ut henne ur bilen. Tommy reagerade direkt, steg ur och klappade killen på ryggen. När ha vände sig om slog Tommy till och killen for i gatan. Sen steg Tommy in i bilen igen.

- Nu kör vi vidare. Är det inte på tiden att sluta nu med ert arbete? Jag menar för gott.

- Vi får inte så bra betalt för ett vanligt arbete.

- Men hur länge håller det?

- Den tiden, den sorgen.

När de släppt av tjejerna hemma hos Tina körde de vidare hem till Tommy.

Där skulle det rökas på och snart låg det en tjock dimma över rummet.

- Det var en fin kväll, sa Tommy. På lördag kör i ut igen.

* * *

När Christer var på väg hem funderade han på att avsluta det liv han nu förde och börja på ett nytt. Kanske flytta och komma bort från miljön, som nu var. Kanske finna en ny kvinna och bilda familj? Han var villrådig, eftersom han tidigare sitt liv förlorat på kärlekens område. Bränt barn skyr elden. När han kom hem ringer telefonen. Det var Tina som undrar om hon får komma upp. Efter en halvtimme kom hon. Hon hade två helflaskor vodka med sig. Hon var förgråten och orsaken var att en av hennes väninnor hittats död i sin säng, strypt.

- Sluta nu för fan, med det du håller på med, sa Christer.

- Jag kan ju inget.

- Men herregud, det måste finnas något annat du är bra på.

- Kanske hemmafru? sa hon.

- Men då måste du finna en man. Vi har ett förflutet och du såg hur det gick.

- Får jag stanna här ett par dagar? Jag vågar inte åka hem efter det som hänt.

- Visst får du det, Tina. Stanna så länge du behöver. Men sluta med det liv du nu för. Lova mig det.

- Okej, svarade hon.

När den ena flaskan var urdrucken hjälpte Christer Tina i
säng och lade sig själv bredvid henne. De somnade direkt.
Men vaknade aldrig mer.

65

KÄRLEKSINTRIGER

Johan hade precis fått sällskap med en ny kvinna som kommit in i hans liv helt oväntat. Hon var en arbetskamrat från början, men efter en personalfest vaknade de tillsammans, utan att ha en aning vad som hänt. Men de bestämde att det måste ha en mening och blev därför ett par. Man kan väl inte tala om direkt kärlek dem emellan, men det skulle väl växa fram så småningom, resonerade de. Hon flyttade helt resolut hem till honom. De ordnade en fest för sina respektive vänner. Den blev både livlig och blöt. När gästerna gått låg den nya flickvännen, Lena, redlöst berusad i deras dubbelsäng. När Johan skulle gå till sängs upptäckte han att Lenas bästa väninna, Birgit, låg på hans sida av sängen. Han puttade in henne, så han också fick plats. Efter någon timme vaknade han av att någon berörde honom på ett olämpligt sätt. Det var Birgit som tydligen blivit upphetsad.

- Vad gör du?

- Skit i det, bara var med.

- Men Lena kan vakna.

- Hon är full.

Till slut kunde han inte motstå hennes inviter och Birgit blev den han invigde sin och Lenas gemenskap med.

Tidigt på morgonen smög Birgit ut. Johan steg upp och kokade kaffe, väckte Lena med frukost, på sängen.

- Var det en bra fet? Frågade hon.

- Jadå, den var mycket lyckad.

Han hade inga skuldkänslor för vad som hänt, eftersom Lena och han inte hade de rätta känslorna för varandra. Därför kunde han även njuta av en herdestund med henne efter frukosten.

När de stigit upp begav sig Lena hem till Birgit.

. Nå? Frågade Lena. Fick du honom till det?

- Inga problem. Jag har det i generna.

, Bra, då vet jag var jag står.

- Vad tänker du göra?

- Ingenting. Men jag kan ju ha mina äventyr, utan samvetskval.

*   *   *

Johan började bli intresserad av Birgit. Han gjorde det vanliga misstaget att förväxla kroppslig och andlig kärlek. I Birgits fall var det den fysiska sidan han inte kunde motstå.

67

I Lena fall hade inga särskilda djupare känslor. Men det kanske skulle komma så småningom, tänkte han. Problemet var att de var arbetskamrater, alla tre. Men så fick han en idé som innefattade en fjärde arbetskamrat, Torsten.

* * *

Johan begav sig hem till Birgit.

- Jaså, det är du, sa hon. Kom in. Vad vill du?

- Det vet du nog.

- Jodå, jag förstår.

Hon log.

- Det är inga problem.

* * *

När Johan kom till arbetet upptäckte han Torsten.

- Nå, hur gick det? Fick du tag i Lena? Frågade han.

- Jadå, det var raka spåret.

- Bra, då vet jag var jag har henne.

- Men är det inte dags att avsluta detta spelet, innan det går för långt? Sa Torsten.

- Nej, jag kan inte avstå Birgit ännu. Men hon är inte tillräckligt pålitlig för att h ett fast förhållande med.

- Men Johan, hör du inte själv hur det låter? Satsa ändå på Lena. Ni bor ju redan tillsammans. Jag ordnar så Birgit håller sig borta.

- Nej, det är inte slut ännu. Vi har bjudit hem Birgit på lördag och nu bjuder jag dig med. Få det att verka som du och Birgit är ett par.

- Johan, du krånglar till det allt mer. Det tar ett slut med förskräckelse, om du fortsätter.

- Jag vill ha en av de två och måste komma till klarhet vem.

Torsten skakade på huvudet, men lovade att vara med lite till.

- Men om det går åt helvete så avslöjar jag hela intrigen för töserna, s han.

* * *

På lördagen kom Torsten och Birgit tillsammans. När de ätit en delikat middag, kalops, gick kvinnorna ut i köket och diskade, medan killarna gick in i vardagsrummet med var sin drink.

- Varför vill du ha någon av dem? Frågade Torsten. Du är ju bara intresserad av Birgit för den fysiska attraktionen och har inga större känslor för Lena.

- Så enkelt är det inte, sa Johan. Birgit har visserligen de attribut du nämner. Men Lena har intellektet och det är nog så viktigt och vad det fysiska beträffar kan hon nog vara attraktiv, om hon vill.

- Lena bor ju redan här. Jag tycker du ska glömma Birgit och satsa på Lena.

- Ska nog gör så.

Tjejerna i köket var klara med disken och kom in i rummet.

- Vad pratar ni om? Frågade Lena.

- Vi pratar om er, om du vill så kan vi binda förhållandet.

- Jaså, varför då?

- Vi bor ju tillsammans.

- Men jag vill vara fri. Tror du inte att jag vet vad ni håller på med? Jag litar inte på män för fem öre.

- Skulle ni kvinnor vara så pålitliga då?

- Du har rätt, Johan. Vi har varit lika illmariga som ni. Det var Lenas förslag att jag skulle förföra dig, Johan, för att testa dig, sa Birgit.

- Och du gick i fällan, Johan, sa Lena.

- Det var Johans förslag att jag skulle ragga på dig, Birgit.

De stirrade på varandra, alla fyra, en lång stund. Till slut bröt Birgit tystnaden.

- Men det föll sig så att jag blev kär i Torsten och därför ville avslöja alltihop.

Torsten stirrade på henne med uppspärrade ögon.

- Det har du inte talat om för mig.

- Jag gjorde ju det precis nu.

- Vi slutar med detta och beter oss som vuxna människor, sa Johan. Torsten och Birgit blir tillsammans och du Lena blir min och ingen annans. Kan vi vara överens om det?

De andra nickade.

- Bra, då kan vi börja vara ärliga mot varandra.

När Torsten och Birgit gått gick Johan och Lena till sängs.

*   *   *

Nästa morgon kom Lenas mor på besök.

- Jaså, jag visste inte att du levde tillsammans med någon och det utan att vara gift.

- Snälla mamma, sa Lena. Det är 1976 nu och inte 1800-tal.

- Nåja, hoppas bara det är rätt för er båda.

- Det är vår sak att avgöra, mamma. Inte din.

När mamman gått satte Johan och Lena sig ner och diskuterade hur de skulle gå vidare.

- Vi har inte visat varandra några varmare känslor, men om vi ska fortsätta så måste vi faktiskt ta itu med hur vi känner för varandra. Inga fula spel mer, utan vara ärliga. Jag kan börja och jag tycker mer och mer om dig. Men jag vill ha det riktigt, med ring på fingret och en riktig familj, sa Lena.

- Okej, vi försöker. Jag tycker också om dig, Lena. Men det där med ringen kanske vi kan tänka över? Som du vet har jag haft ett förhållande tidigare, som gjorde att jag haft svårt att binda mig efter det.

- Men om vi ska bli en familj måste vi lita på varandra, sa Lena. Du ändrar säkert uppfattning när vi får barn.

- Jag vet inte om jag vill ha barn.

- Utan barn är vi ingen riktig familj.

71

- Nåja, vi får väl se hur det blir med det.

*   *   *

På måndags morgon när de skulle gå till jobbet var Lena sjuk, så Johan gick ensam dit. När han mötte Birgit på fabriksgolvet undrade han var Torsten fanns.

-- Han var sjuk, så han stannade hemma i sängen, sa Birgit.

- Lena är också sjuk.

De tittade på varandra och gick till arbetsledaren och bad att få sluta till lunch, för d skulle på läkarundersökning. När de klätt om och kommit ut sa Birgit;

- Vi går hem till mig först.

När de steg in genom dörren fanns inte Torsten där. Sängen stod obäddad.

- Nu går vi hem till er, sa Birgit.

När de var utanför Johans och Lenas dörr satte de tyst i nyckeln och smög in. De tassade in i sängkammaren och fann de båda andra i full aktivitet i sängen. De stod en lång stund och studerade föreställningen innan Johan harklade sig och aktiviteten höll upp ögonblickligen.

- Är inte ni på jobb?

- Nej och inte ni heller, svarade Birgit.

- Förlåt mig, Johan, sa Lena.

- Det blir inte så lätt, sa Johan.

- Torsten, du kommer inte innanför mina dörrar mer. Du kan komma i morgon och hämta dina saker, sa Birgit. Kom så går vi, sa hon till Johan. Så kan de två fortsätta med sina lekar.

Birgit och Johan avlägsnade sig. När de kom ner på gatan sa Birgit;

- Vi går hem till mig och pratar igenom vad som hänt.

När de kom dit satte Birgit två glas och en flaska konjak på bordet.

- Nå, vad tycker du vi ska göra? Frågade hon.

- Jag vet inte riktigt.

- Jag tycker vi hämnas.

- Hur då?

- Ja, i sovrummet, du och jag.

- Jo, det verkar lockande. Låt oss gör det.

De tog konjaken och glasen med in i sovrummet och satte igång med sin hämnd. Efter en timmes tid somnade de berusade av både det ena och andra.

* * *

Sent på eftermiddagen kom Torsten och skulle hämta sina saker och fann de båda sovande. Han går ut i köket och finner en Morakniv, sätter på sig handskar och återvänder till sovrummet och hugger Birgit i magen, flera gånger. Hon spärrar upp ögonen, men får inte fram något ljud. Till slut rinner det blod från hennes mun. Då slutar han och går.

Johan vaknar av att det är vått i sängen, när han ser efter finner han att det är blod. Han vänder sig om och upptäcker vad som hänt. Han stiger upp, går runt sängen till Birgits sida och ser kniven på golvet, han tar upp den och går till telefonen, ringer polisen och väntar. När de anländer öppnar han, med kniven i handen och polisen uppmanar honom att ögonblickligen släppa den. Sen sätter de på honom handbojor. Han är helt stum av förskräckelse och orkar inte protestera, när de för ut honom till bilen. På stationen sätts han i en cell. Efter några timmar tas han till förhör. Han får tilldelat sig en advokat. Han förklarar att han inte vet vad som har hänt. Han berättar hur han vaknade, tog förvirrat upp kniven och öppnade för polisen.

 - Herregud, det var ju jag som ringde polisen. Skulle jag gjort det om jag var skyldig?

 - Det är det vi ska utreda, sa förhörsledaren.

* * *

Lenas mor kom på besök och när hon ringde på dörren öppnade ingen. Hon tittade genom brevlådan och såg Lena ligga på golvet. Hon hämtade portvakten som öppnade dörren. De fann Lena död på golvet, strypt med en livrem. Modern svimmade. Portvakten ringde polisen.

* * *

Dagen efter hämtades Johan till nya förhör. Förhörsledaren visade Johan livremmen.

 - Är det här din livrem?

 - Jag har tio sådana livremmar, så det vet jag inte än.

- Det stämmer, vi hittade så många hemma hos er, denna satt runt Lenas hals. Hon blev strypt med den. Är det inte lika bra att du erkänner?

- Jag har inget med detta att göra. När jag och Birgit gick därifrån var Lena i livet. Ni kan fråga Torsten, han var också där och stannade kvar när vi gick.

- Hämta in Torsten, sa förhörsledaren.

Johan fördes tillbaka till cellen. Efter en timme kom hans advokat för att tala med honom.

- Du är fri oh kan gå ut nu.

- Vad har hänt?

- De har funnit Torsten död. Han tog en överdos av sömnmedel och lämnade efter sig ett självmordsbrev. Han var skyldig till båda morden.

- Men vad var hans motiv?

- Han hatade kvinnorna för de intrigerade.

- Men det gjorde vi ju alla fyra.

- Tänk nu inte mer på det, utan välkomna din frihet och var försiktig hädanefter. Man ska aldrig leka med elden.

Johan steg ut i solgasset och vandrade sakta hemåt. Till en tom lägenhet. Det där med kärlek är en komplicerad historia, tänkte han.

HAN SÅG HENNE EN GÅNG TILL

Han såg henne en gång till, på ett Café i Lund.

När han hörde hennes röst kom minnen från ungdomens dar

Hon var hans ungdoms kärlek

Han såg henne i denna stund

Och mindes henne resten av sitt liv

När han lagt sig till den eviga vilan

Såg han henne igen

Han såg henne en gång till

TONÅRINGAR

De satt i hans gamla pojkrum, hans senaste flickvän, De hade
varit ett par i fem minuter. Hon var kvarterets toppsnäcka
och han var förvånad att det var han som fick henne. De
andra grabbarna såg avundsjukt på dem, så fort de visade sig
i kvarteren.

- Jag älskar dig, viskade han för första gången i sitt liv.

Hon svarade med samma sak. De hamnade liggande på
sängen, där de utforskade varandras kroppar. Han hade
aldrig varit så nära en tjej förut. Men han vågade inte ta steget
fullt ut. Det fick vänta. Plötsligt sattes en nyckel i dörren och
hans mor kom in i rummet.

- Vad har ni för er?

- Inget särskilt, sa han medan de knäppte sina kläder.

- Det är bäst att ni går ut och inte sitter inne en sån vacker
dag.

De gick, något röda i ansiktet för att de blivit påkomna. I parken vid sidan om bostadsområdet träffade de resten av kvarterets ungdomar. Det var på 1960-talet så alla rökte och diskuterade vad för jäkelskap de skulle utsätta vuxenvärlden för i dag. Men så kom Sven på att de skulle starta ett krig mot det gäng som bodde intill parken. Sagt och gjort. Sven och den närmast orädde, Knutte, bror till Stina som Sven nyss fått sällskap med alltså, gick bort till parkgänget och frågade deras ledare om de ville slåss. Men det ville de inte, eftersom Avens och Knuttes gäng var kända för sin hänsynslöshet.

Töserna i gänget var inte heller så intresserade av killarnas bråk. Utom en som var med och fajtades när de satte igång. Men så var hon som en kille i sitt sätt. När hon inte var kelsjuk, för då bytte hon helt skepnad verkade det som. Hon tyckte att Sven gott kunde börja slagsmålet. Men Sven tyckte det var för varmt för det.

- Då gör jag det, sa hon och började gå mot det andra gänget.

Men Sven stoppade henne.

- Fan vad ni är tråkiga, tyckte hon.

Gänget skingrades och Sven, Stina och Monika, som den andra tjejen hette, gick hem till honom. På hans rum låg snart han och Stina i sängen och kelade, medan Monika satt vid fotändan och hade tråkigt. Men det rådde hon strax bot på. Hon drog helt enkelt ner dragkedjan på hans gylf, tog ut dwt som fanns där och började bearbeta honom. Men han stoppade snart henne och menade att det inte var rätt när han sällskapade med Stina.

- Fan, vad du är tråkig, sa Monika. Hon bryr sig inte om det.

Han tittade på Stina och hon bara log.

- Du borde istället vara glad att två tjejer vill ha dig på samma gång.

Men han kände sig generad och snart gick tjejerna.

När hans mor kom hem frågade hon om han haft en bra dag-

- Ja, den har varit lärorik.

- Jag har förstått att du umgås med töserna, var försiktig bara.

- Vad menar du?

- Du får inte kyssa dem för länge.

- Hm.

- Du förstår att det ena kan leda till det andra.

- Hm.

Hon tycks tro att man är alldeles rudis, tänkte han. Han tog på jackan och gick ner till gänget. De stod utanför trappan, där töserna jagade grabbarna för att gylfa dem. Det var bl.a. sådant som ungdomar på 1960-talet sysslade mycket med. Det var i den åldern sex upptäcktes och började praktiseras. Men denna gång lyckades töserna inte. Grabbarna smet undan för fort. När de var en och en så var de blyga och försiktiga.

Det öppnades en ungdomsgård på bostadsområdet. Då gick gänget dit för att kolla läget. Det blev snart en naturlig samlingsplats. En annan kille visade intresse för Stina och Sven utmanade honom i armbrytning, för att sätta honom på

plats. Men det visade sig att de var lika starka. Det blev
oavgjort och sen gick de och blängde på varandra. Sven
tvekade inte för att ta ett nappatag med honom, om det skulle
behövas.

*   *   *

En lördag när allas föräldrar var borta på sina håll hade
ungdomarna lägenheterna för sig själva, föräldrafritt. Då
bestämde Sven och Stina att nu skulle dt ske. Debuten de
väntat på. De gick hem till Bella, som hade sin kille, Axel där.
I sovrummet fanns två sängar och det var perfekt för
uppgiften. Sven hade uppnått 15 års ålder och tyckte det var
dags. Men när han väl kom till blev han så generad att han
inte kunde röra sig. Ett stort misslyckande.

   - Detta talar vi inte mer om, sa han.

Stina sa inget. Axel höll tyst för att undvika bråk. Han visste
hur hetsig Sven kunde vara.

Men nu bestod inte deras vardag av bara sex. Det innehöll
också massor av bus och därför sattes Sven i
observationsklass. Efter skolan träffade han alltid Stina. De
hade fina och mysiga stunder tillsammans. Men han aktade
sig för att gå för långt. Bränd av sitt tidigare misslyckande.
Det fick vänta tyckte han och Stina höll med. Men en dag
gjorde Stina slut och hans värld rasade ihop.

*   *   *

Svens föräldrar vågade inte ha honom hemma längre. Han
var för bråkig och ostyrlig. Så han blev hämtad och körd till
en ungdomsanstalt. Han fick klä av sig, duscha och sen blev
han förd till ett litet rum, där han blev inlåst.

Följande dag fick han middag på sitt rum, det fick han inte
lämna. När han behövde gå på toa fick han ringa i en klocka
och vänta till någon behagade komma och föra honom dit,
under övervakning.

*   *   *

Till jul blev han fri och fick åka hem. Från detta ögonblick var
Sven förändrad. Han visade inga tendenser på bråk mer.
Hans ungdomsrevolt var över och han var inpassad i
samhället.

MORD I GRYNINGEN

Natten låg tyst och svart över den skånska landsbygden. Allt var stilla, inte ett ljud hördes. Men så tittade en ljusglimt fram och i nästa stund hördes göken. Gryningen var på väg över landskapet. I ett hus har en kvinna vaknat av ett ljud. Hon stiger upp och går nerför trappan till bottenvåningen. Där ser hon att ytterdörren står öppen. Hon går ut i köket, öppnar besticklådan och griper en brödkniv. Sen går hon ut i trädgården och finner en man liggande på rygg. Han verkar avsvimmad. Hon kastar kniven i gräset och rusar in. Där inger hon polisen, sen sätter hon sig vid köksbordet och väntar. Hon ser polisen komma. De genomsöker trädgården. Hittar mannen, som nu har en brödkniv i bröstet, där blodet forsar ut. Polisen ringer på dörren och kvinnan öppnar.

- Ni får följa med oss, ni är misstänkt för mord.

Kvinnan förstår ingenting, men följer lugnt med.

Framme till polisstationen förs hon in i ett rum och efter
några minuter kommer en polis in och sätter sig mitt emot
henne.

- Jaha, säger han, vill ni ha en advokat närvarande?

- Nej, det ska väl inte behövas, svarar hon.

- Då så. När ni ringde polisen sa ni att ni haft en kniv med
er ut i trädgården. Stämmer det?

- Ja, men den tappade jag i gräset.

- Nåväl. Vi fann en kökskniv i mannens bröst.

- Det förstår jag inte.

- Har ni några fiender?

- Inte vad jag vet.

- Vi har undersökt er lite och ni har varit gift, men är nu
skild.

- Ja, det är fem år sen vi skildes. Vi har inte träffats sen dess.

- Men ni har två barn.

- Ja, men jag har ensam vårdnad av dem. Han får inte träffa
barnen för sitt våldsamma beteende.

- Var finns barnen nu?

Hos min syster, de brukar vara där när jag har mycket
övertid på jobbet.

- Ni jobbar inom livsmedelsindustrin.

- Det stämmer. Får jag kontakta min syster?

- Ja, vi tar paus, så ni får ringa er syster.

* * *

Vid middagstid dagen därpå blev hon åter förd till förhörsrummet. Där satt hennes svåger.

- Hej, Birgit. Jag är nu din advokat.

- Tack, Åke. Trodde inte jag skulle behöva någon advokat.

- Åjo, jag har under morgonen gått igenom fallet och funnit att liket är en gammal bekant till oss.

- Vem då? Det var ingen jag kände igen.

- Det är faktiskt din första kärlek, från ungdomen.

Birgit kände sig plötsligt yr och var tvungen att sätta sig.

- Honom har jag inte sett på 25 år. Vad gjorde han hos mig?

- Jag gissar att det var ett vanligt inbrott och han avvek när du vaknade. Jag tror inta att han visste det var du som bodde där. Eller har han fått reda på barnet?

- Det är bara jag och mina föräldrar som visste och min syster. Hon har tydligen talat om det för dig.

- Okej, då var det inbrott, men dörren var tydligen olåst.

- Jag måste ha glömt att låsa.

- Vem har nycklar till din bostad?

- Bara jag och barnen.

- Då ska jag göra vidare undersökningar. Jag ska få ut dig härifrån så fort jag kan.

84

- Tack, Åke.

*　*　*

Svågern körde hemåt med ett brett leende. Det har gått bättre än han hoppats, tänkte han. När han fann Birgits ungdomskärlek och berättade att hon fött hans barn så gick nästan allt som han planerat. Men, Hasse, som han hette, hade fått kalla fötter när Åke låste upp dörren för honom och sedan gömde sig. Han blev arg och slog ner honom. När sen Birgit kom ut med en kniv i handen och släppte den på gräsmattan, såg han sin chans när hon återvänt in och han handlade därefter. Nu skulle hon få lida för att hon avvisade hans kärlek i ungdomen och han fick nöja sig med hennes syster. Det fann bara hennes fingeravtryck på kniven eftersom han haft handskar på sig. Han tänkte avsiktligt förlora en rättegång, för första gången i sitt liv.

När han kom hem frågade hustrun;

- Hur var det med Birgit?

- Det ser illa ut, Elsie. Det finns bara hennes fingeravtryck på kniven som dödade inbrottstjuven.

- Jag vägrar tro att hon har gjort det, Åke. Hon har aldrig varit våldsam av sig.

- Tjuven var Hasse, vår gamla ungdomsvän, som hon fick barn med. Vi kommer att förlora detta.

- Gör vad du kan, Åke.

- Det gör jag alltid.

Elsie väckte honom nästa morgon.

- Upp Åke, du måste till jobbet. Lämnade du in mitt armbandsur till reparation?

- Javisst älskling.

Djävlar, tänkte han, det glömde jag. Han klädde sig och gick. Han kände efter i kavajfickorna, men klockan fanns inte där. Inte heller fanns den i bilen. Han körde till Birgits hus och letade i trädgården. Men där fanns inte någon klocka. Detta var ett djävla dilemma, tänkte han. Men nåja, jag får väl finna på någon ursäkt. Men var fan fanns klockan?

* * *

En bil körde fram och stannade vid Birgits villa. En ung kvinna steg ur och gick fram till dörren, ringde på. När ingen öppnade gick hon ut i trädgården för att se om där var någon. Hon fick syn på något som glimmade i gräset. Det var ett armbandsur i guld. Hon tog upp det. Det var ett damur. Rolex stod det på den. Min mamma måste vara rik, tänkte hon. En granne tittade över sitt staket.

- Söker ni någon?

- Ja, men de tycks inte vara hemma.

- Nej, dt har hänt något förfärligt. Birgit är hos polisen. Hon sitter häktad.

Den unga kvinnan tog farväl och körde därifrån, till polisstationen.

* * *

Birgit steg upp från britsen när celldörren öppnades.

- Det är besök, sa vakten.

Hon fördes till besöksrummet och en stund efter kom en ung kvinna in.

- Hej, jag heter Lisbeth och jag är din dotter.

Birgit kände sig svimfärdig. Vakten hämtade ett glas vatten till henne.

- Detta var en överraskning som jag aldrig väntat, sa Birgit.

- Jag var hemma hos dig och fann ditt armbandsur i trädgården.

Lisbeth lade upp klockan på bordet.

- Det är inte min, sa Birgit och sträckte fram sin arm och där satt en Omegaklocka.

- Elsie, min syster, har en Rolex, men hon har inte varit hemma hos mig på över ett år.

Hon bad vakten hämta förhörsledaren. När han kom och fick situationen klar för sig tänkte han kalla in Elsie för att klargöra om det var hennes klocka.

- Hur har du hamnat i det här, mor?

- Det är en lång historia.

- Jag har tid att lyssna.

När Birgit berättat klart frågade Lisbeth;

- Var Hasse min far?

- Det var vad jag sa till de andra. Din riktige far är Åke som nu är gift med min syster. Men inte ens han vet om det.

Elsie kom till polisen, hon förstod att hon blivit ditkallad för sin systers skull. Men inte vad saken gällde. Kommissarie Bengtsson tog emot henne och när de satt sig i förhörsrummet tog han fram armbandsuret och lade på bordet.

- Känner ni igen det här? sa han.

Elsie tog klockan, öppnade boetten och där fanns en inskrift, Till Elsie från Åke.

- Det är ju min, sa hon. Hur har den hamnat här?

- Den hittades i Birgits trädgård.

- Men den skulle ju Åke lämna in på lagning.

- Detta tyder på att fallet är mer komplicerat än vad vi först trodde, sa Bengtsson.

- Får jag tala med min syster?

- Det går bra.

Bengtsson gick ut ur rummet och en stund senare kom Birgit in.

- Var det din klocka?

- Ja.

- Hur har den hamnat i min trädgård? Har du varit där?

- Nej, Åke skulle lämna in den till lagning och han sa att han gjort det. Jag förstår inte.

- Men jag börjar förstå, sa Birgit. Han är inblandad i det här på något sätt.

- Men varför?

- Det finns saker du inte vet om honom.

- Jaså? Vadå?

- Det får du snart veta. Polisen söker honom just nu.

* * *

När Åke kom till sitt kontor talade hans sekreterare om för honom att polisen sökt honom.

- Jag träffas inte mer i dag. Har viktiga ärenden att klara av, sa han.

Sen gick han ner till bilen och körde till Malmö Airport, där han hade sitt lilla privatplan. Han startade det, lyfte och flög mot Köpenhamn.

* * *

Elsie öppnade när det ringde på hennes dörr.

- Hej, jag heter Lisbeth och är Birgits dotter. Jag får bo i hennes hus när hennes ärende pågår. Jag kan passa barnen under tiden.

- Vad skönt, sa Elsie, jag har precis fått telefon att min man störtat med sitt flygplan i Öresund.

- Jag beklagar. Behöver ni hjälp?

- Nej tack, jag behöver vara ensam och lugna ner mig. Kalla mig Elsie. Släkten behöver inte nia varandra.

- Tack, moster Elsie.

Barnen åkte med Lisbeth hem.

Birgit dömdes till medhjälp till mord och fick 15 år i fängelse. Efter några år kom hon i bråk med en annan intern och blev dödad.

När Elsie fick veta vem som var far till Lisbeth gick hon upp på vinden och hängde sig.

Lisbeth och barnen bor kvar i villan och hon har fått jobb som sjuksköterska i trakten.

STACKARS AUGUST

På en bondgård någonstans i Skåne. En kraftig explosion hörs. Bonden, August, tittar ut genom fönstret. Han ser inte utedasset, för det ligger i spillror.

- Vafan? Hulda, kom och titta. Svärmor har flugit i luften. Du ger henne för mycket ärtsoppa.

- Vad pratar du om? Mor är inte här.

- Vem satt då på dass?

- Din dummerjöns. Det är förstås ett verk av rackarungarna i byn.

- Tro det?

- Ja och nu är du så god och bygger upp dasset igen.

- I dag?

- Ja i dag och det blir ingen middag förrän du är klar.

- Ja, bara det inte blir ärtsoppa.

August tog på sig kepsen och gick ut. Han synade förödelsen.

- Oj, oj, oj och det ska göras i dag sa hon.

Han tog av sig kepsen och kliade sig i huvudet.

- Ja, det är bäst man sätter igång då. Men ärtsoppa måste förbjudas i huset. Man vet inte vad det kan ställa till.

Hulda påbörjade middagen och eftersom det var torsdag skulle det bli ärtor med fläsk.

- Sicken tokdåre och just den skulle man bli gift med, sa Hulda.

Klockan fyra på morgonen var August klar med bygget och steg in i stugan, tog av sig pannlampan och gick ut i köket, lyfte på grytlocket.

- Nej du, Hulda. Jag är rädd om mitt nybygge.

Han åt pannkakorna som Hulda satt fram på köksbordet. Sen gick han till sängs och då vaknade Hulda.

- Är du klar nu?

- Ja, nu är jag klar.

God natt då. stackars August, sa Hulda.

*   *   *

Morgonen därpå tog August sin vanliga morgonpromenad över ägorna. När han kom fram till granngården stod bonden, Jöns, vid grinden.

- Godmorgon Jöns.

- Hej på dig, August. Jag såg att du byggt ett nytt uthus.

- Ja, det andra flög i luften.

- Tro dé? Har du haft svärmor på besök?

- Nej, det var nåt annat jävulskap. Nåt rackartyg från byn.

- Ja, vi har alla varit unga, skrattade Jöns.

- Nja, så ung har jag nog aldrig varit. På min tid kastade man ryska smällare under tanternas kjolar, sa August.

Elna, Jöns hustru stod i deras trappa.

- Nu kommer du in, Jöns. Du har att göra.

- Usch ja, viskade Jöns, vi hörs när vi ses, August.

Jöns lommade iväg och August skrattade för sig själv.

- Stackars sate, den där Jöns, sa han.

Han fortsatte sin promenad. Han funderade över sitt liv. Han var född i en statarlänga och vid vuxen ålder blev han städslad som dräng hos Huldas far. När denne dog ärvde Hulda gården och hon ville inte avlöna en dräng, så hon gifte sig med August och han trodde att nu började livet som bonde. Men ack vad han bedrog sig. Hulda gjorde klart från början av äktenskapet att det var hon som var ägare till gården och därmed den rätte bonden. Han hade bara att göra som hon säger och kanske utåt få agera som bonde. Nåja, det kunde ju vara värre, tänkte han.

Han var nu tillbaka till stugan.

- Nu är jag hemma, Hulda lilla.

- Det var på tiden.

- Ja, det är stora ägor vi har.

- Som jag har, glöm inte det, August.

- Nej, det ska jag inte glömma, Hulda lilla.

- Du får gå och nacka en höna. August. Mor min kommer
på besök.

- UJ, UJ, UJ!

- Sjåpa dig inte, August. Hon stannar i en vecka.

- UJ, UJ, UJ! Trivs hon inte i sin lägenhet, Hulda?

- Jodå, men hon vill se att du sköter gården ordentligt.

- Men hon ville ju inte ha gården när far din dog.

- Nej, men nu kommer hon.

August gick ut för att nacka en höna.

* * *

Hulda hade precis maten klar när en taxi svängde in på
gårdsplanen. En stor bastant kvinna kliver ur bilen. Hon går
upp mot huset. August öppnar dörren och sträcker fram
handen.

- God dag, svärmor, säger han.

Hon tittar på hans utsträckta arm och hänger paraplyet där.
Sen tar hon av sig kappan och hänger den sidan om
paraplyet. Till sist tar hon av hatten och placerar på August
huvud.

- Gå och betala taxin, dräng, sa hon.

Hon börjar sniffa och följer doften till köket.

- Här luktar det hönsasoppa minsann, sa hon.

- Ja, sätt dig, mor, så ska vi äta.

. Efter en stund är August tillbaka.

- Sätt dig och ät, dräng.

- Ja, svärmor.

- Så håller vi tyst vid middagsbordet!

- Ja, svärmor.

Hon blängde argt på honom. Så han vågade inte säga mer.

Efter maten satte de sig och lyssnade på radion. Det var Karusellen med Lennart Hyland.

- I Amerika lär de ha en ny sorts radio med bild. Om vi skulle skaffa en sån, Hulda?

- Det kommer inte på fråga! Bilder kan du se i morgon- tidningen, det får räcka.

- Ja, Hulda.

När det var dags att gå till sängs fick August ligga på sin gamla drängkammare. För svärmor skulle ligga inne hos Hulda. De hade inga extrasängar.

*   *   *

Nästa morgon vaknade August av att han frös. När han slog upp ögonen såg han svärmor, med hans täcke i handen.

- Upp dräng, du ska arbeta!

. Men, svärmor, jag är alldeles naken.

- Ja, det är en sorglig syn. Men upp nu, du ska inreda ett rum till mig. Du ska snickra en säng, ett bord och en stol. Det ska vara klart till i kväll.

- Då måste jag köra till stan och handla virke.

När han klätt på sig spände han för hästen, klättrade upp i vagnen och styrde kosan mot stan. Väl där pratade han med några ungdomar och gav dem lite pengar, sen handlade han virke och körde hemåt igen.

Han satte igång med sängen och när den var färdig så var det middag. Därefter tog August en tupplur på soffan.

Han vaknade av ett fruktansvärt smällande och gick till fönstret. Han såg sin svärmor springa skrikande ut från dasset. Han log illmarigt.

Hulda kom in.

- Vad har hänt?

- Svärmor har varit på dass.

- Har nu busarna varit framme igen? De hade ju kunnat ta död på henne.

- Nej, inte dör man av ryska smällare.

- Hur vet du att det var ryska smällare?

Hulda tittade misstänksamt på honom.

- Det hördes, sa August.

- Hjälp, skaffa en taxi. Här stannar jag inte en minut till,
skrek svärmor.

August var inte sen att lyda hennes befallning och hon åkte
tillbaka till stan.

- Du har fått ett brev, Hulda.

August överräckte posten. Hulda öppnade brevet och läste.
Hon tittade upp på August.

- Det är från greven på Backen. Han vill köpa gården och
marken.

- Du säljer väl inte, Hulda?

- Nej!

Några timmar senare kom greven på besök.

- Hulda har väl fått mitt anbud?

- Jodå, men jag säljer inte.

- Om priset inte passar så säg själv hur mycket ni vill ha.

August ställde sig framför greven.

- Ni hörde att hon inte säljer, sa han.

- Men jag är beredd att gå mycket högre, sa greven.

August knöt näven och slog till så greven stöp raklång i
golvet. Han blev liggande livlös. Hulda sprang till telefonen.

- Hjälp, vi behöver en ambulans. Vi har en döing här, sa
hon.

När ambulansen kom fick de liv i greven.

Men han var mycket medtagen. Polisen kom och hämtade August. Senare dömdes han till ett års fängelse.

*   *   *

Så småningom blev greven bra igen och sökte upp Hulda.

- Står Hulda fast vid att inte sälja?

- Ja, det gör jag.

- Men om Hulda kan bli grevinna på Backen?

Hulda tittade upp och tankarna började mala i hennes huvud.

- Är det ett frieri, greven?

- Javisst, så fort Hulda lagt in om skilsmässa från August och köpepapperna påskrivna blir Hulda grevinna.

Detta kunde Hulda inte motstå, så hon tackade ja.

*   *   *

Grannen, Jöns, hälsade på August i fängelset och berättade vad som hänt.

- Ja, Hulda gifter sig med greven, sa han.

- Stackars greven, sa August.